獨行莫戴帽

淮遠

前記

淮遠

第一次出版書名不是四個字的散文集。

一如以前的五本散文集，書中的文字全部未經結集。全書分成三輯，第二和第三輯分別是六年來寫的非旅遊稿與旅遊稿。第一輯則是對我來說算得上大發現的兩篇較長的陳年舊作。

事實上，這集子有不少舊東西，主要因為這兩年屢次翻剪貼冊和舊剪報，找到了小量青少年時代的「力作」，也被朋友們寫我的文章深深感動、大大鼓舞。

這集子之後，我不知道還會不會再出書，或者會不會再編自己的書。似乎年紀愈大，愈在意有多少人看自己寫的勞什子。似乎失去年輕時那種不在乎了。

不過，無論如何，有一點是未曾改變的。對我來說，拙著是更工整的剪貼冊，可以把悲哀和快樂剪存得更好。

（2018年6月16日）

我與少年淮遠——代序

顏石

我認識淮遠時，只知道他是寫詩的。不要問他的詩好不好，反正就是現代詩那個樣子，當時大家都認為他的詩是好的。我幾乎沒有被新詩感動過，當然也沒有被淮遠的詩感動過。但天啊，那時淮遠還不到十七歲耶。青春的蠕動本身已夠煩的了，誰有空來感動你呀？後來就沒有見到寫詩的少年淮遠了。

之後，逛書店翻雜誌時，偶而會碰到淮遠的散文，很短，很像他的詩，覺得他有點不務正業，好好的詩不寫，偏要寫什麼雜文，很不以為然。看了幾行就看不下去了。有時和我一起逛書店的小克，也是淮遠的朋友，見我沒有看完就放下，問我為什麼。我回答不出來，難道跟他說，不知道作者在寫什麼，這算什麼文章？他好像還是淮遠的好朋友，我不想說。反正好不好也是很個人的事。如是這般，也有好幾年了，斷斷續續在不同的刋物上看到淮遠的文，我一樣對之冷漠。始終有一個疑問，他在寫什麼呀？內容是什麼呀？根本不是好不好的問題了，雖然他的文字應該不會差到那裏，我想。

再之後，他好像把他這幾年的文放在一起，出了一本《鸚鵡韆鞦》。也有可能是新寫的，反正味道和他的書名一樣：不知所云。買了這本書，因認識他。只看了幾行就放回書架，實在看不下去。再再後來，大家都成年了，我也離開此地。到了外地就像坐牢一樣悶到發慌，把平時不會看的書拿出來翻。到最後連《鸚鵡韆鞦》都要啃。不知道是不是坐牢情結，這次可以一口氣看完十頁八頁的。我也有一點驚訝，再看下去，居然有點感動。感動什麼？當時不知道。最令人尷尬的是看著看著，居然哭起來，還流了很多淚。請不要誤會，我不是一個無端端會哭的人，誰又會呢？又不是神經病。但真的是哭泣，好在旁邊沒人。平靜下來，就想是不是異國他鄉令我失控呢？不是，請相信我，不是思鄉病發作。是淮遠。證據是，我一生人看書看到哭泣流淚，之前也有過一次，那次是J.D.Salinger的*The Catcher in the Rye*，不寫中文書名是因為不喜歡它的中文譯名《麥田捕手》，和《鸚鵡韆鞦》的書名一樣：不知所謂。兩本書都是寫青少年莫名的情懷，同樣的題材，所以這次哭肯定是因為淮遠，不是我有病。Salinger和淮遠好像都沒有明確寫出他們書中人物的年齡，感覺是十四五六的樣子，正是我認識淮遠前他的年紀吧。那，青少年有什麼可感人的呢？當時不知道，其實現在也不知道為什麼。兩本書中的主人，都不算窮苦，更不是苦海孤雛之類的人物，只是普通初中學生，和我一樣。對前途的迷惘和期盼？對將來的不確定？是成長的原生態？少年維特的煩惱？好像是，好像不是。淮遠他們把青少年的騷動一點一滴的沁出來，是他們的原意呢？還是我過度的解讀呢？解讀必然是過度的吧，我想。

還有一個偉大的發現是，淮遠的文是不能一篇一篇分散開來看的，貌似新詩無厘頭的散文，原來是有連貫性的，是要放在一本書裏一起看的。看著看著，突然發覺他在跟你捉迷藏、扮鬼臉，其實淮遠就是他自已筆下頑皮的蛋頭。這一發現竟然要在認識了他二十多年，隔了一個太平洋、給他弄得哭笑不分之後才意識到。雖然給人弄哭不是一件光彩的事，尤其是對自視過高、喜歡扮酷的大男人而言，但我也得了個全港第一：第一個看淮遠看到哭，很可能是唯一一個。當然不會傻到跟人家說自己看書看到哭，但如果淮遠知道，他的回應肯定是很蛋頭淮遠的：戇居！

（2016年5月初）

目錄

第三輯　獨行莫戴帽

【第一輯】時間地點人物

時間地點人物——一九七一年一名中六生的九封信

第一封 給我的校長

校長室裏有一頭鷹，一頭鷹的標本，張着翅膀，屹立在你乾淨的辦公桌上。可是，我的校長，你的鷹唬不倒我，永遠不能。邪神為虎生爪，亞伯拉罕為鴿長翼。怕的是有一天，那隻鷹突然飛起來，向你醜陋的眼臉撲過去。所以，我的校長，我奉勸你，永遠不要忘了你的金絲眼鏡，就像永遠不要忘了我們的可口可樂。啊，不，那是不對的，汽水喝多了會引致胃病，要命的胃病，有一次演講你這樣說過。我的校長，我衷心讚美你，你的演說是那麼棒，你站在台上的時候，真有點像希特拉，不，希特拉太狂暴太渺小，你是一個不折不扣的慈善家；我知道那次你鼓勵學校裏所有的人，說得官式一點，是「全體員生」，參加那個「香港公益金步行籌款」。我的校長，結果是，你成功了，你的名字，以及學校的名字，都上了報紙；而我，我是全盤失敗了，因為我沒有參加，因為我不能參加。

學期要完的時候，我請了幾天假，後來同學們告訴我，你曾經召集全體教師開了兩次會，討論長頭髮的問題，我的校長，他們告訴我你說：不剪髮就不許考試。噢，我的校長，那該多瀟灑，就像滿州人的「留髮不留頭留頭不留髮」，就像毛澤東的「不下鄉就不開飯」，我的校長，那該多瀟灑，雖然很多人說你的壞話，但那仍然是瀟灑的，雖然很多人說你是一個性無能，雖然我也覺得你在其他方面都是無能，你的制度你的規條你的計劃，都是無能者的東西，像粉筆在黑板上寫的那些，一下子就給擦掉了。

第二封 給我的生物老師

那天在街上看見你，和你的太太在一起。跟你一樣，她的頭開始有點白了。我看見你們穿過很多小街，像穿過那些沒有街燈的歲月。我沒有喊你，也不曾趕過你們然後回轉頭打招呼。我跟在你們後面，你不知道。現在重溫起當時的情景，我不禁想起那首《當我六十四歲的時候》，是的，當我六十四歲的時候，或者，當我六十五歲，或者更老一點的時候……

你是否仍會寄來情書，
生日卡和酒。

如果此刻，我再在街上碰見你們，我一定要走上前，不說「你好嗎？」不說「到哪裏去？」不說「謝謝」，而是「對不起」，因為，我只欠你那個。

你也許忘了，那次生物實驗課上，正當大家都在埋頭苦幹的時候，我因為一件小事情，因為鄰座的同學碰了我一下，突然衝口而出，高聲說了一句粗口。我相信你不曉得是誰說的，但是，在那以後，我立刻低下頭去，好像什麼也沒有發生過。我之所以要低下頭，並不是退縮，也不是慚愧，而是不想也不敢看到你臉上的表情，以及那些女孩子臉上的表情。你知道，她們是很乖很正經而且「心靈脆弱」的。

你也許還記得，學期接近尾聲的時候，你分配給我一個血淋淋的兔子的頭，要我帶回家去，把皮肉拿掉，然後漂白，做一個兔子頭骨的標本。可是，有一點你是料不到的，老師，我把它扔到厠所裏去了。

平日在課堂上，你時常用一些說話和動作，引我們發笑，給我們解悶。但是，你可曾注意到，有一個坐在角落裏的學生從來沒有笑，就像在戲院裏看那些「狂笑大喜劇」或者「狂笑大悲劇」一樣，他從來沒有笑，臉上的肌肉從來沒有動，老師，他從不曾捧你的場，雖然他懂得小丑的痛苦、小丑的眼淚、小丑的沉默。

第三封　給我的訓導主任

你好嗎？

現在已經是暑假，你的噩夢已經過去了，你可以坐下來喝一杯牛奶咖啡了。你再也用不着把雙手和鉗子藏在背後了，我的牙醫，我已經從你的椅子上走下來。你再也用不着在上課的時候，叫那個女工老遠從一樓跑到四樓，給我一張「傳票」：「即到訓導處」，然後費神罵我一大頓，說些美麗動人的道理。還記得那次你套用了典故，告訴我，走向窄門是不容易的事。主任先生，謝謝了。雖然窄門裏充滿陽光、溫暖、希望……但那些只好留給你以及其他人分享了。

主任先生，我很想知道，如果現在，或者以後，你再在街上遇到我，你會不會像從前一樣，當我正要跟你招呼的時候，低下頭去，別過頭去，裝做看不見我呢？我很想知道，你是不敢，還是不屑和我打招呼呢？

主任先生，你多麼令我失望，我並沒有怎樣冒犯過你，我並沒有踩着你的尾巴，彗星的尾巴。你罵我的時候我乖乖的讓你罵，很少駁嘴或者打斷你，我只不過是一個不打領帶，不配校章，不帶課本，穿涼鞋、生仔褲上課，或者不上課的學生罷了，你是犯不着終日皺起眉頭的。

主任先生，我並不怪你，我瞭解你的困難，你的瘤你的瘡你的癌你的石。我知道，對於我，你是忍無可忍了，所以那次你終於處罰了我。我並不放在眼內。不過我還依稀記得你在一張紙上寫着：

學生XXX平日態度傲慢……加以本月X日至X日曠課X天……記大過一次……

我看見同學們在讀報告，像電影裏人們讀着懸賞捉拿通緝犯的告示。Dead or alive。不過，主任先生，你忘掉照片，我的照片了，你忘掉你的方糖了，淡味的咖啡對你來說是多麼的不能妥協。

第四封　給我的英文老師

謝謝。

第五封　給我的國文老師

開學不久，有一次上國文課，你問我甚麼叫做「洞房」，我沒有回答你，我只說不知道，在一段長長的假意的思索之後。我並非真的不懂，或者不敢回答，而是覺得你是故意的，你存心開我的玩笑。啊，上帝，原諒我和你開了一個小玩笑，因為你和我開了一個大玩笑。

在課堂上，你常提及你在美國的兒子，你給我們看他的照片，把他的來信讀給我們聽，雖然我們並不認識他。你說你們父子就像一對好朋友，沒有甚麼是不可以談的。我很妒忌。你告訴我們你的兒子在美國攻讀第一流的大學，而且得到了獎學金，而且和同學相處得很好，而且每星期寫信回來，而且在信中跟你開些玩笑，而且偶然也會注意漂亮的女孩子，而且字寫得很好，不但端正，還十分好，而且頭髮很短……啊，老師，恭喜你恭喜你，你有一個這麼好的兒子，你的兒子這麼好。可憐我的父親。

有一次，你告訴了我們一個真實的故事。你說有一個朋友，兒子去了美國，起初還好，後來就一直沒有信回來，做父親的着急了，去信問過究竟，收到的回信卻只寫着：

尚在人間。

如果那是你的兒子，你怎麼辦？

第六封　給我的體育老師

我沒有上體育課，我的成績單上有一欄是空的，就像戰後東京上野動物園那些獸欄一樣。

第七封　給我的地理老師

你諷刺過我。

你罵過我。

你讚過我。

你勸告過我。

我在地理室的一張桌子上，用自來水筆，畫了一張臉，那是你的臉。後來你發覺了，在上課的時候，當眾說，如果將來我當了總統，你一定會把我塗污了的那塊桌板拿出來展覽展覽，好讓人家看看我在學校時的天才。

有一天，也是上地理課的時候，你終於按捺不住了；像那個禿頭的訓導主任一樣，你終於忍不住了，你終於走到我的位子旁邊，說：「你為甚麼不戴校章？那很難看嗎？在這裏唸書你感到羞恥嗎？你為甚麼還不剪剪頭髮？你為甚麼這樣懶？你難道沒有感覺的？……」

學期要結束的時候，有一次，你讓同學們自己溫習，拉我到樓下一個空課室裏，對我說了一番很長的話。啊，老師，我是多麼喜歡別人能坦然相對，而不是躲在一面牆後用惡毒而尖刻的眼光射向我。我記得你說我聰明，智商高，不能自暴自棄。你又說，中學時代是人生必經的一個階段，不喜歡也得硬着頭皮通過它。可是，老師，我通不過，那是一個針孔，我通不過。我並不是一隻虱子。

老師，我知道你也有很多很多的牢騷，只不過沒有發出來。

我接受你的諷刺。

我接受你的責罵。

我接受你的讚美。
我不能接受你的勸告。

第八封　給我的班主任

國文老師說你是個好孩子。中學畢業，到美國留學，回母校服務。平日態度誠懇，謙虛，處事有方。而且常常微笑，微笑，微笑。你不單是個好孩子，更是一個好公民，好老師，好丈夫。你們是恩愛夫妻。她教中四。在教員休息室裏，她坐你隔鄰。每一次你叫我進去見你，讓你罵，我都沒有回敬你，因為我怕傷你的心，傷她的心。我曾經屢次傷你的心，但不在她面前，不在你的好學生們面前。

你們去旅行，我沒有去。

你們去露營，我沒有去。

你們上茶樓，我沒有去。

你們進教堂，我沒有去。

你們參加畢業禮，我沒有去。

上學期結業的時候，親愛的班主任先生，你在我的成績單上，在「評語」一欄裏，寫着：「才華內蘊，寡言鮮笑，個性固執倔強，對現實不滿，不與學校合作，欠合群及積極進取，苟能改過，可造之材也。」謝謝你。可惜我是一個化石，而不是雕像，而不是未完成的雕像。從開始我已經屬於某個形象，我已經永遠屬於它。

第九封　給我的數學老師

我數學零分，但我仍然很清楚一加一永遠不等於二。

（原刊《70年代雙周刊》1972年1月號）

小編小記——給《70年代》的兄弟們

截至目前為止，我仍不太喜歡工作。我十分有限的工作時日，至少五分之一或四分之一，屬於一份報紙。那是一份實際上不定期出版的雙周刊，它之停刊已經是兩年多以前的事了，那時我二十一歲，它第三十期。我是在它創刊後一年左右參與編務及其他工作的，那時我十七歲。

那時雙周刊出到第十期左右，剛由兩毛一份改為五毛、由十二頁改為二十頁。還有一個轉變：圖片比以前更多更大了，至少三頁是全頁圖片的——封面和中間摺頁，每期都是這樣。第十期稍後的某一期，封面描着一頭大獅子，騎在一個人背上；中間摺頁一共用了三張照片，三張都是一個自殺身亡的日本作家，分別穿便裝、軍裝和武士裝的照片。它們來自比我晚一兩期加入的張的一本日本雜誌，這本雜誌則來自報社樓下街邊的零亂的舊書報攤。書報攤偶然會出現一些稀有畫報，大多數是外文的。那裏很多時實在成了一個戰場，我的敵人主要是張和黃兩個人，誰先發現和買下一本好畫報，誰就贏了一仗。不過我們除了靜悄悄地降臨書報攤之外，還是常常會結伴挑選畫報的。有一次我帶着感冒，和他們兩個，還有另外三數人，一起從報社下來，不約而同地在書報攤旁停住了腳，東翻翻，西翻翻。我覺得有點累，催他們走，卻沒有反應。不久我突然眼前一片昏花，看不見書和畫報了，只隱約聽見一個聲響，和一名婦人破口大罵的聲音。我隨即醒了過來。我聽見她是罵我的頭碰到她的腳。她的腳或許真的很痛，但我的頭並不痛。他們扶我到十多碼外的一家診所，打了一支針。當我們出來的時候，書報攤的那個矮胖子，笑着問我覺得怎麼樣，我說：「沒事了。」

我們排版用的圖片之所以源源不絕，可以說是托書攤的福。除了小部分取自一些在交換刊物中得到的外國地下報之外，它們大半是從矮胖子供應的舊畫報上剪下來的。我喜歡用大圖片，更喜歡把小圖片放大，卻又十分討厭計算或列明放大的尺寸。我總是只畫兩條有箭頭的線，寫着：放大至此。對於我這種行徑，黃常常很不滿意，抨擊我不負責任，又譏笑說單看圖片大小就知道是不是我排的版了。其實他排的版又何嘗不是一眼看得出來呢？他老愛用黑底白字，一塊塊四四方方的黑底白字，在排列得密密麻麻、似乎大小適中的圖片旁邊。

一直以來，我們的雙周刊都是圖片與文字各佔一半的，很多時甚至是三分一文字、三分二圖片。但事情總有例外。像大多數刊物一樣，雙周刊常受財政問題困擾，到了第二十五期出版以後，問題就更嚴重了。一次特別編輯會議的決議是，繼續出版下去，以最不花費的方式——由八開本改為十六開本，即是版面縮小一半，不過頁數卻增加一倍，又由柯式改為活版印刷。總的來說由報紙變成雜誌，釘裝起來了。很多人都覺得奇怪，為甚麼這樣反而省掉了將近一半的成本。這一點我也不太明白。不過，我總覺得這一期比以前任何一期都大為失色，圖片大為減少，有些文章甚至完全沒有插圖。圖片大減的原因，除了活版印刷的技術問題外，還有一點是很重要的，就是報社已從一棟舊樓的九樓搬到幾個街區外另一棟舊樓的二樓，一家幼稚園的隔壁。（很多時會有人誤闖進來為孩子報名入學，又因為我們的電唱機通常開得老大，街外也聽得見，有一次居然有三個洋人衝了上來，以為這是一家酒吧。）這時我們距離舊書攤遠了很多，儲存的圖片也就越來越少了。

這一期吳是執行編輯，但他只完成了集稿和審稿的工作，便為了二度赴歐，把餘下的編輯和設計的重擔卸下了。李曾經對我說，在所有的人（編輯、工作人員以及在報社進出的傢伙）當中，只有吳和我是正常的。（明顯地，李把自己也歸入不正常的一類了。）不過，這裏的正常不正常，我想其實並不是玄學或心理學上的，而是就日常生活而言的。我和吳跟其他人的最大分別，在於他們經常不吃不睡，猛灌咖啡，空着肚子蕩街。這都是我和吳寧死不為的。（但我們兩人也有衛生上的差異，他往往可以一兩個星期不洗澡。）還有一點，他們這些傢伙常會無緣無故陷於低潮，對甚麼都提不起勁。這一期的編輯進行得如火如荼之際，他們就正處於那樣的一種狀態。吳丟下的工作，順理成章，只好由我接辦了。

我花了一個下午，在編輯部後面由莫管理的小書店裏，利用一張擺雜誌的長桌的一角，一口氣排好了版。平時，這是幾個編輯分擔的，這一期實在例外。排版完成之後，最傷腦筋的事就是封面的設計了。封面須經半數編輯委員同意，但每個編委的口味不同，這一點是很要命的。我從剪存的圖片中，選出一幅看來像超現實的線條畫。它只比護照式照片略大，描繪着一些半人半猴的東西，橫七豎八的。有一個在走鋼索，一個拿着刀子，另一個在倒立，其他都幹着不同的事。這幅大可解釋為「人類真面目的表現」的圖畫，跟雙周刊的宗旨和作風完全不相悖，加上沒有人提供別的圖片，它輕易被通過了。於是我開始下一個步驟，決定它的位置、尺寸以及整個封面的配搭。我把圖片放在封面中央稍下之處，註明「原大」，外加一個稍大的幼框，框右下方橫置着「革新號」三個不大的粗體字。中、英文報名和售價（早已由五毛改為一元五毛）則排成一行，橫放在封面上端，按順序一個比一個小。最後，我又註明封面的用色——黑、綠、白。框框、中文報頭和售價都用黑色，英文報頭和線條畫則呈綠色，底色全白。我又決定封底跟封面一式一樣。我盛好版樣、原稿和圖片，一併送到排字房（兼印刷公司）去。從報社到排字房，是一段很長的路，必須乘半小時的汽車到一個碼頭，下了車轉入碼頭旁邊的第二條橫街，再踏上一道樓梯。樓梯不單狹小，而且很暗。臨離開前，我特別叮囑老闆模樣的中年男人，千萬不要擅自填塞封面的空白，或者增大「人類真面目的表現」的尺寸。

這間排字房的工作效率並不太低，很快便可校對。第一次校對時，稿樣是別人去拿的，並沒有經我這半個執行編輯的手。過了兩三天，我親自上排字房，想就地二校和看看試印的封面，希望盡早付印。但封面的狀況使我立即醒悟到，距離付印仍有一段時間。我設計的封面完全走了樣，框框沒有了，圖片佔去了報名下面的全部空間，「革新號」三個字大了幾倍，斜放在一條連接中文報頭對角的不同色條子上，把報頭遮起了將近一半，看上去好像一本電視周刊的封面。我嚴加質問，排字房老闆吐露了真相。這是把一校的稿樣送回去的人的所為，而這人我記得就是陳。他不是編輯，卻是工作人員之一。更具體的描寫，應該說他是一個大塊頭。如果不是礙於這一點，我想我會揍他一頓的。（後來我只是稍加責問，但他不單毫無歉意，還辯稱那樣才夠「醒目」。）

我告訴排字房老闆，說要回去把封面改一下。其實我大可請他依原來的模樣再做過的，我之所以不願如此，主要是不想用那幅半人半猴的群像了。而我之所以不想用它，或許正因為它被放大過。我對於把所有圖片一律放大的這種舊日行徑的厭倦，使得我連放大過的東西都憎恨了。我並沒有放棄原來的佈局，只是換過一張圖片。但無論在報社裏我的小資料庫中，在幾個街區外的那個書報攤上，或在家中的抽屜裏，我都無法找到一張比較理想的。幸而張從天而降，建議用他的一張圖片，我立即接納了。那同樣是一幅單色的線條畫，不同之處在於尺寸大一倍多而所繪的也不是一群東西，而是一個人，一個帶着髮捲的西洋婦人，一看就認出是誰了。所有編輯都接受這張圖片，都認為該在旁邊附加一些說明，但沒有人想得到加些甚麼說明。好像是一兩天之後，僵局終於打破了。我提出一個字，覺得它比較簡單、直截而又符合雙周刊的立場和作風。那是一個𨳒字。吳、莫和岑都贊成，李反對，施反對，張不大贊同，也不激烈反對。但即使把他也算在反對陣營裏，我的提案也以四對三票通過了。（那時黃已退出編輯委員會，專心一意管理他的小型化工廠。）

我把這張圖片黏在紙上，寫上要縮小到甚麼尺寸，以便放進封面中央的幼框，然後再註明那個字要擺在圖的左下方。它是廣東𨳒話，雖然大多數人都會寫，但字典裏找不到，排字房也沒有這樣的字粒，必須特地去鑄。幾天後，排字房老闆告訴我字已鑄好，可以付印了。但他並沒有直接講那個𨳒字，只是說「那個字」。

大約再過了一星期，釘裝的雙周刊印出來了。報社裏那些不知情的人，看到封面都大吃一驚。工作人員分成兩派，一派覺得那很有趣，一派則覺得過份。（不過兩派都有一個共同看法，就是白皚皚的封面容易弄髒。）除工作人員外，讀者的反應，我想也是分兩方面的。岑曾經在尖沙嘴碼頭，看到兩個人從報攤買了一份革新號，隨即有所發現，指着封面上某一處，哈哈地笑了。不過我們好像沒有收到關於封面的讀者來函，我們所見的訴諸文字的反應，是兩份日報刊登的報導。一份是中文報紙，它用我們的封面做了頭條新聞，覆印了封面大半（略去報頭和售價），又以箭頭指着那個字，主標題好像是這樣的：「酷似女皇畫像　下有門小字樣」。另一份是英文報，也把大半個封面翻印了出來，不同的是放在最末一頁。內文中有莫的訪問。當被問及封面的設計者時，莫回答說：「已經離城。」

在革新號出版了好幾個星期以後，我在漸趨低俗嘈吵的巴西咖啡店，聽見張引述一個朋友說我「欺負孤兒寡婦」。我說我所用的髒字，並非針對圖中的人，而是針對圖中的人所代表的一些東西。而且，現在想來，它應該也是對擅改別人設計的陳、有始無終的吳以及所有陷於低潮的編輯而發的。

（1975年4月作，2017年8月修訂）

【第二輯】頹廢度凶年

貓紙

認為那個中四仔在論壇上指問她是不敬的所謂「國民小先鋒」的女頭目，包準沒見識過像我幹過的那樣的不敬事件。對於那些行徑，有些我深感後悔，有些倒是說不上後悔的。

不後悔的是中二那年夏天，常常跟一起坐在前面的同學，競猜那位一隻門牙稍稍長歪了的年輕英文女教師當天在淺色的薄薄的窄裙下面穿了甚麼顏色的內褲，有天下課後更隻身跟踪她，一直跟到跑馬地成和道她居住的大廈門外。後悔的是不知中幾那年，為了地理女老師畫得非常好看的地圖，溜進教員室裏，從她的活頁本內偷掉幾頁筆記，帶回家夾在一本精裝地圖冊中，收藏了不知多久，眼下也許還在舊居樓上的大抽屜裏。曾有一段時間，我每次要去旅行，便會先翻開這地圖冊，即興地找個（或者找些）目的地。

還有一件事是既後悔又不太後悔的，那就是不知中幾那年大考不知哪一科的考試中，從白長褲敞開着的拉鏈口，把密痲痲地抄滿課文、藏於內褲深處的一張張「貓紙」掏出來，用完後逐一塞回去。監考的陌生女老師雖然目睹，卻也顯然是羞於揭發。

無論如何，祝願全城的中學鷄和小學鷄，跟那個小子一樣頑劣不馴，無法洗腦。

晚餐恐懼症

女傭Ａ最近每晚不但不幫女傭Ｂ開飯，而且遲遲不肯進來吃她的那小半碗飯。問後者可知道內情，答案是：

「她拖地。」

「她要在廚房拖地啊。」老媽也替她解釋。

但女傭Ａ向來是吃過晚飯餵過眾貓之後才拖地的。這工作習慣似乎已經保持了兩、三年了。

「她準是怕你給她夾菜。她在減肥。」我說：「把晚飯推遲到九點鐘試試看，管保她還是拖個沒完沒了。」

跟女傭Ａ一樣，老貓黃仔似乎也在拼命減肥，而且不記得從哪一天起，牠也不把晚飯當作一回事了。每夜八點來鐘，正當其餘十多隻貓依時齊集飯廳門外等我們吃完晚飯女傭Ａ饗以剩飯剩菜的時候，黃仔卻不知所踪，許多時待到杯盤狼藉才匆匆吃一兩口，就像女傭Ａ那樣。起初兩晚，我還一如既往，給牠留些特別東西，諸如魚頭、鷄腳之類，可牠一看到我就像見鬼一樣跑掉了。其實黃仔是不是從來不喜歡我給牠夾菜呢？

我忽然想起，女傭Ａ患上晚餐恐懼症之前某個星期天，小城Ｙ茶樓的某女侍曾當眾盛讚她白了又胖了。不同的是，我和妻上一陣子讚美黃仔又胖又帥，已是冬天的事，而在染上跟女傭Ａ一樣的症候之前，牠早已顯著消瘦。這樣看來，這兩件事只不過是兩個碰巧發生在同一時間的獨立個案罷了，所以不能追究責任，懲罰傳染女傭的貓，或者傳染貓的女傭。

園中莫種樹

頗喜歡吃隔夜的馬鈴薯番茄煮豬肉片（主要是吃馬鈴薯和番茄），因為既然妻既不沾辣又不碰隔夜菜而老媽既不嗜辣也不宜吃馬鈴薯，我就肆無忌憚地讓印傭A翌日晚上把它煮熱順便放兩三粒指天小紅椒了。重點在於它們是自家生產的，而且有些是我親手採摘的。

最近每個工作天清晨七時半，當我陪匆匆上班的妻走到小莊園北邊的小徑盡頭，我們都會瞄一瞄三株長在水泥小徑與金屬圍牆之間的小椒樹，希望發現兩三粒那些嗜辣的小鳥或大昆蟲漏吃了的熟透小椒，但差不多每次都驚見所有因熟透而呈鮮紅色的小椒全被吃剩一小半。差不多每次目送妻把大鐵門關上之後，我都只能退而求其次，摘下幾粒還未熟透的橙紅色小椒或者過熟的紅褐色小椒，交給印傭A儲存。

今晨不知到底是牠們看漏了眼，還是我交好運了，我竟在我們經過的最後一株也是最年輕的一株小椒樹上，找到一顆脹鼓鼓紅彤彤的椒子。它比過往交給印傭Ａ的那些，比稍早讓妻帶回辦公室送給三位女同事和一位清潔阿嬸的那十多顆，以及應她的大屁股上司要求而勉強奉上的那五顆，都要完美得多。

三十九年前，小克在《香港時報》一篇提及我的東西裏引用過兩句詩：「園中莫種樹，種樹四時愁。」雖然總被小鳥（印傭Ｄ說是小鳥）捷足先登，但是，種小椒樹半點也不愁，採擷小紅椒更使我暫時愁怨全消，包括「種瓜不得瓜」之愁，以及被譏不辨南瓜與他瓜之怨。

其實那株南瓜並不是我種的，是妹妹。兩星期前一個中午，我外出前無意中在分隔園北小徑與我的棕櫚種植小區的矮鐵網的一根瓜藤上，瞄到一朵形如古老唱機喇叭的深黃色的花，以及它底部一根細長的小瓜，大喜，立即跑回房子裏取手機拍照，接着還把照片和一小段勞什子放到臉書上：

「看見南瓜開花結果，就夠我這鄉巴佬開心小半天了。」

「咦？這個不是翠玉瓜嗎？」小謝說。

「五果不分，你快些長大吧。」老徐在虛張聲勢。

「你對成長中的瓜果又有何認識呢？」我反問道。

由於當時老妹正在薩克拉門托度假同時探望她的幾個老美老朋友，無法向她求證，在主要是求知欲而不是報復心的驅使下，第二天上午我特地細看了這根小瓜一下。這時黃花已謝，但仍未脫落，仍然附在小瓜的前端。遂將觀察所得，在臉書向小謝和老徐匯報一下：

「剛才仔細看過牠的紋理，確是南瓜仔呢。這事的教訓是，罵人五果不分之前，該先做好功課。」

「不是罵，是開玩笑而已。」老徐終於饒過我了。

為了核實我的觀察，那夜飯後我如常牽着妻沿園北小徑散步，途中與如常由印傭A攙扶着在小莊園四邊繞大圈圈踱步的老媽相遇時，我問了她一句。「是南瓜。」她答得斬釘截鐵。其實我本來還想等瓜仔長得夠大、屁股脹得夠圓，再拍一張照片，上傳給小謝和老徐審閱，作為具體證據的，可是，再過了兩天，或者三天，當我再去棕櫚區邊緣探望瓜仔時，發覺牠和枯萎的花都已不在，連瓜蒂也失去了踪影。然後我在三呎以外的水泥地上，瞄到死翹翹的牠，顯然是平日負責掃落葉和灌溉花樹的印傭B拾到、放在那兒讓我們「驗屍」呢。

據我這個被譏「五果不分」的鄉巴佬猜測，小南瓜夭折該是由於瓜藤栽在盆中，而不是植根於泥土裏，吸收和輸送的養份不足。這麼說，這該是一株只可賞花不可取果的南瓜，不宜期望往後結的哪根小瓜能夠長大或者成形了。這幾天有些時候，我在盤算着一個計劃：明年春天有沒有可能僱泥水匠在園北小徑起點與矮鐵網之間的三角地帶蓋一座小瓜棚，再囑印傭B整地鬆土，把南瓜種子播在泥地裏呢？這計劃的目的並非在於向誰證明誰才是五果不分，而是在於一嘗自家生產的南瓜，就像吃自家產紅椒那樣，趁着還能吃辣——還沒有變得跟妻一樣不勝辣味，還敢吃甜——還沒有變得跟媽一樣要對糖份敬而遠之。對我來說，甜辣不沾比五果不分可怕十倍。

順便問一句：五果是甚麼呢？

鳥瘦主人羞

租用小莊園右鄰幾千方呎低地的那個修車房，養了八條狗子，大部分都很瘦，最瘦的一條還瞎了一隻眼睛。但如果以那位染了一頭棕髮、愛穿橫條子五彩長襪、看上去像個女毒蟲的老闆娘作為標準的話，牠們也許不算太瘦。無論如何，這些大多數時候顯然保持飢餓狀態的畜牲，有天中午忽然成群衝向取道修車房門前的村道回家的小弟。我一面大吼一面揮動右手持着的一袋麵包，加上坐同一班巴士、尾隨着我的老闆娘顯然未盡全力的吆喝，牠們才鳴金收兵。

往後，我總會讓連接公路與村道的三十級石階頂上幾級的邊緣，常常佈置着信手拾來的石頭和爛磚，每次回來都檢起一塊——當然是用紙巾或廢紙包着，見狗便扔。許多時這些「彈藥」會無故消失或減少，我懷疑是棕頭婆的所為，可是沒逮到她，只好不斷補充。由於小弟三番四次把石頭和磚塊丟向修車房的大門前面甚至裏面去，四十開外的修車房老闆終於跟我交惡，甚至幾乎動武。他對着我的臉說：「你不是我對手。」但我認為，跟一名滿手油污的驢頭打架，無論勝負都是非常糟透的事。

在我和牠們的主人不知怒目相向了多少回之後，那八條瘦狗終於在去年初夏消失了，取而代之的是一隻九個月來只是長高長胖了一倍的、一家運輸公司一對年輕夫婦為牠取名阿Q的黃狗。也許是因為以前那些瘦狗及其男女主人的緣故，我和妻一直跟阿Q及其男女主人保持距離，充其量打個招呼，倒跟與那塊低地和村道相隔着駐車場和垃圾收集站的一個回收場的老闆陳先生夫婦以及兩頭黃狗，建立了看來相當牢固的友好關係。其實，陳先生曾透露過，他也不太喜歡修車房的驢頭及其一眾瘦狗。他倆顯然深明「狗瘦主人羞」的道理。雖然陳先生是個兩手髒黑的回收佬，而陳太太除了幫助丈夫之外，還做這一帶的掃街和管理垃圾站的兼差，但那兩頭約一歲半的雄狗，卻給照顧得既肥壯又乾淨。有天中午我們繞過去探訪那頭叫「宰宰仔」的肥狗和牠的弟弟時，牠們正忙於享用各自的一大盒炒飯，正眼也不看我們一眼。

「從茶樓給牠們帶回來的。」陳先生自豪地說。

對於小莊園八隻日食兩餐的貓充其量只有一半稱得上肥貓，小弟實在慚愧。大概因為這個緣故，不記得從哪個早上開始，我走去膳堂吃早餐時，總會把一些麵包皮甚至一整片麵包撕成顆粒，分幾回撒到門前的水泥地上去，餵飼不知從哪個早上開始站在金竹、龍船花與羅漢松上面等我的二十多隻紅耳鵯和三隻白頭鵯。牠們統統既胖且壯，這不僅給我一點點自豪感，也讓我稍能寬恕年少時把一隻麻雀用彈叉射下來交給老女僕烹炸的惡行。

溺死之魚——不太直接的輓歌

（一）間接溺死

可不可以問一個冷酷的問題：你認為那個九歲女孩寧願在下沉的船艙裏直接溺死，還是昏迷四天才讓注滿五臟的海水脹死呢？當然你也可以問我類似的問題：你寧願去年十二月在西鐵月台上直接摔死了，還是繼續「苟存性命於亂世」呢？

即使當那件曾經染血的大半尼龍小半牛皮的馬甲背心已經送給大陸的表弟，當我前額那道長約三分一支原子筆的斜斜的疤已經無影無踪，你才問這問題，我也不會介意，並非因為我添置了四件同等質量的馬甲背心，並非因為西鐵昏迷事件使我獲得一次免費體檢、兩次迹近免費的傷口護理，以及那位握着一把簇新鉗子的女護士說可能有點不舒服但我卻很享受的近似臉部針清的似痛非痛的拆線小手術，而是因為那暫別世界的半分鐘，是那麼不可思議。

（二）直接摔死

表哥也許比我不幸，他是間接因為曾經榮升海軍少校而直接摔死的，而且據新聞報導說，是直接從十樓摔下來，途中並沒有碰觸到晾衣架、晾衣竹或者別的勞什子。我們永遠不會知道的是，表哥在某個庸醫斷定他那緣自升官壓力的抑鬱症已經好轉而准予出院之後，沿着那棟無電梯舊樓的樓梯拾級而上的時候，可有遇到讓他改變主意或者加快腳步的任何人，可有憶起十多年前在北京跳樓摔瞎了一隻眼睛，可有擔心這回仍然死不了卻把另一隻眼睛都弄盲了。

說到這裏，我是否應該交代一下去年中秋節當天接到表哥的死訊之後仍然隨妻往天水鎮猜燈謎的原由呢？我並非對他仍然懷有怨恨，包括六年前害我和妻老遠飛到湖南某小城去，為了一批他形容為如假包換的文革陶瓷劣等假貨，還要我們宴請他的一些軍中舊部；我也並非對於再也不用擔心他再跳一次、兩次而舒一口氣。我肯為那些勞什子燈謎傷腦筋，完全由於妻央我多年，而我們誰也不能保証那種所謂抑鬱症的勞什子惡疾永遠不會降臨到自己頭上。至於我那麼快就猜了幾個燈謎，只不過因為妻說猜中三個才可以離開罷了。

無論如何，我無須歉疚，表哥從十樓到地面的那半分鐘，跟我在西鐵月台上昏迷的那半分鐘一樣，該是無憂無慮的半分鐘吧。

（三）死因不明

中秋是個殘酷的節日。今年中秋前一星期左右，那條每當我站在池邊呼喚「肥婆」就會游過來或者游上來在水面張一張嘴巴的、養了十七年半的十八歲雌鯉，一連兩天沒有吃過日本某養鯉場出產的乾糧之後，一連兩天呆在池水深處之後，被我發現浮屍於池面的排污口旁邊，嘴巴張着，就像新聞報導形容的沉船死者那樣。我對自己的鎮定和平靜感到驚訝。我只是外出前囑兩位印傭合力把牠長兩呎半的沉重屍體搬到一棵老魚尾葵下，挖洞埋葬，然後在傍晚回來時站在前面鞠一鞠躬，香也沒上。

二十八年前，我和五弟同時失業，百無聊賴，合資僱人在小莊園中部建造了第一個池（比現在這個小一半），開始飼養錦鯉。那時五弟的寢室位於小樓之東，牀邊的窗子俯瞰魚池。某夜當我在樓下起居室中看電視的時候，早睡的他握着手電筒氣急敗壞地奔下來，說聽見有魚跳出池外落在水泥地上的巨響，懷疑那是他最寵愛的一尾同樣喚作「肥婆」的兩歲雌鯉。救援工作完成後，我們猜測牠是不滿太多同類擠在小池中而企圖跳池自殺的。我不記得五弟的肥婆最後的下場，但牠應該沒有再次自殺而直接墮斃或者缺氧失救。

可不可以問幾個冷酷的問題：離水的魚和溺水的人，誰窒息得比較快？如果我的錦鯉跟表哥一樣是「因病厭世」的話，牠到底是把腦瓜卡在水泥池沿與碗狀排污短管之間嗆死自己，還是在水中閉氣至死才浮屍池面？我應該哀悼，還是舒懷？

貓鼠之間

「誰那麼下流，把龍眼殼和龍眼核吐得一地都是？」我問蹲在水龍頭旁洗鞋子的女傭D：「是不是昨天來過的泥水佬？」

「不對不對。是那些像貓仔一樣的，小小的，會飛的。」

「該是像老鼠一樣吧？那是蝙蝠。」

要是泥水匠的話，下次見面我會給他一頓臭罵。但我不會罵蝙蝠半句，並非因為牠們在蒲葵樹上居住多年，並非因為牠們是我八年前訂製的十呎高印茄木五斗衣櫃的櫃門和抽屜門上那十隻蝙蝠的樣板，也並非因為牠們會飛或者瞎眼也能看見我們看不見的。

只因隨地吐殼吐核已是牠們所能幹下的最下流的事，不像吾們。

尋找藍衣鐵梅

從短暫停留的巴士上層的車窗，我看到最近剪了個陸軍頭但仍然可見頭髮全白的老李，佔着一棟辦公大樓右邊，五星旗高懸的旗桿下的台階，手提包放花台，臉朝大街，雙腿叉開，以站樁的姿式屹立，往前推掌、向橫張臂，看來「自覺威風」，或者「自覺強悍」。顯而易見，他不甘心在到達那個歲數而不得不從報社老大的王座上退下來以後變成一名普通老頭，甚至變得像老鄭形容過的另一位榮休報館老總那樣渾噩噩。

老鄭去年也因為到了那個歲數而退了休以後，立即從報紙總編輯變身為書刊收藏家，四處搜尋六、七十年代的舊書，忙於參加絕版書拍賣會、打聽某一本書的下落，諸如此類。他曾經為了那套我中學時愛不釋卷的《二世祖手記》花掉五千塊錢，也曾經只費五百塊就買到了一冊我一直以為世上只有自己那個「孤本」的《70年代雙週刊》革新號，並且請我在扉頁上給他寫了幾行字，交代一下為甚麼會在封面上印一個髒字。他表示願意替我講一堂課答謝我。至於他常常提及但我至今幫不上忙的那本八十年代初素葉出版的某前輩的評論集，他也很消息靈通，知道最近有人從某某的書架上取走了一冊。對這部書，老鄭顯然是不會死心，顯然是志在必得的，就像我對於那尊我相熟的兩個陶瓷販子都沒見過的紅燈記瓷像一樣。

九月十三日，我張貼了一則微博：

中國遊客和收藏家都很有辦法，前者用假票子進羅浮宮，看看被英法聯軍強搶的祖國寶物，後者委託愛爾蘭佬按訂單向英國的博物館盜回部分失寶。今年七月，我在倫敦某小型博物館看到一尊紅燈記李鐵梅的藍衣瓷像並偷偷拍照後，也曾想過僱人給我弄來，跟我保存的那尊紅衣版本配成一雙。不知誰能出手相助？哈哈。

其實這段微博本以「重酬」二字作結，經妻規勸，才改為「哈哈」，減除刑獄風險。但其實發現那尊藍衣李鐵梅以後，我曾經想過向一位幾年前來短遊時首次見面就提議合作走私舊汽車電池回大陸、還說「大不了蹲幾年監獄」的年輕遠房親戚求助，請他去一趟倫敦呢。當然，那時我尚未得悉三所英國博物館失竊的事，尚未得悉更好的辦法是設法聯絡漏網的愛爾蘭匪幫。這些不切實際的想法隨着對李鐵梅的欲望不斷膨脹，實在無法保證不會付諸行動、鋌而走險。

可是，今午從九六八路巴士驚見老李的醜態，使我不得不作了一個小小的反省，然後告誡了自己一下：即使不怕別人知道，即使不致惹官非或者出洋相，有些事情似乎還是不該公開地幹、公開地說，或者公開地寫的。跟現在大概喜歡當街練功的老李不同，老鄭和我對於各自的追尋，似乎都適宜於默默進行、暗暗發功。

女車手

「如果那天她在場就好了。」

妻說的是一位跟我一樣不怕和陌生人當眾吵架的中學同學阿〇，而她的丈夫則跟妻一樣只會站在一旁一聲不吭。妻認為阿〇上周末如果也在巴士上，準會賞給那個把右腿彎叉在左膝蓋上、臭腳擋住了半邊走道的四眼驢頭及其女人「一頓臭罵」。他不單踩髒了我的褲腳，還冷冷地說他的腳一直不動。本來和妻一起坐在他倆前面的小弟霍地站起來，移師到與他相隔一條走道的左鄰座位的後面，斜靠着身子，半邊屁股擱在椅邊，左腳踏在走道中央，右腳脖架在左膝蓋上，鞋底固定在離他左臂外側大約一吋的距離。

「你為甚麼踩我。」他大吼道。

「我沒踩你。我的腳跟你的一樣，動也不動。你別碰過來就成了。」我漫應道。

最後我們再在巴士下層展開第二輪罵戰，這使得妻「聞戰鼓而思良朋」。

「如果阿O在場，她就幫得上忙了。」妻感嘆道。

我上一回遇見她，已是去年冬天。在銅鑼灣一家超市的進口處，一名穿黑衣的胖婆子推着嬰兒車向妻衝去，差點兒撞到她，我正要開口斥責，妻才發覺那胖婆子原來是阿O。她是故意唬妻一下。我向來對街上、列車上或者百貨公司裏橫衝直撞的嬰兒車很有戒心，因為那些「車手」總是估量不到車子的前輪有多容易碰到別人。今年夏天在西鐵上，我就曾經被坐到旁邊的一名少婦那輛巨型嬰兒車厚大的右前輪撞了左腳跟一下。我提醒她該留給我一點空間，她卻憤然離座，「起駕」前噌我一句：「坐你的吧。」不過，如果那是阿O，她大概不會那麼輕易放過我吧。

「沒法跟她講上星期六的事、問她的意見了。」妻昨天說。

就在那個星期六，阿Ｏ突然心臟病發過世，遺下那個曾經坐在那輛差點沒撞到妻的嬰兒車上的兩歲小兒子和他的四歲姊姊。

壞話，好年

早已不記得那個在大年夜被汽車輾死的夥計甚麼名字甚麼長相了，只記得另一名夥計負傷跑回農場取火酒去救他那副氣急敗壞的樣子。他倆當時沿公路旁僅容一人的人行道走去鎮上買不知甚麼勞什子，結果只有一個過得成春節，而且是腦殼綑着白紗布過的春節。大年初一清晨，我和某弟妹還在農場南端他住的小石屋門外等着恭喜他，當然只是照例恭喜發財，並沒有恭喜他大難不死、或者掛彩大吉。但我清楚記得，他開門出來時，是滿臉笑容的。

無論如何，那是只要能夠保命就很容易活得快樂的年代。那是煮鷄飯的二號廚房屋簷下常常掛着夥計們臘製的老鼠的年代，是農場業主的兒子可以躡手躡腳走近一隻站在大莊園幹道上的白鶴把牠一把抓住的年代。

那也是每個春節媽媽都會率領我們盛裝到訪業主夫婦那棟特大平房的年代。我仍然記得業主姓李，記得業主夫人是個瘦節節卻仍高不可攀的貴婦，記得她得了一個聽說是因為戴子宮環或者類似的勞什子手術出了岔子而罹患的怪病。很多時她會抽搐着試圖以一隻顫抖的手搗住顫抖的張開的嘴巴，但似乎咽喉中有一股力量使得這個簡單的動作也每每失敗告終，最後她還是吼出了那句四字粗言。那跟她的身分、財富、端莊外表和正常談吐是那麼截然不同，我們雖然習以為常，卻仍覺得不可思議。

某年大年初幾，我們跟隨媽媽（爸爸總是缺席），再往巨宅拜年。主人和賓客分別坐在特大客廳的兩邊，老遠互相恭賀或者互道新年該說的好話。這場面不知維持了多久，業主夫人的怪病突然又發作了。

可幸的是，沒有人被她幾經辛苦才迸出來的那句「X你老母」嚇跑呢。在殖民地政府頒令禁燒炮竹之前幾年，爸媽斥巨資買下大莊園毗鄰的果園，陸續蓋了一些雞房，把養雞場搬過去，不再租用那半個大莊園。自此以後，不管平日還是新年，我再聽不見她那句以最奇特的方式講的髒話。再過三數年，她和丈夫及兩子一女也遷離大莊園了。仍然記得那時寫了一首詩記錄這件事：

他們遣去用人／舉家搬進城中／留下這許多麻雀／看管園子。

奇怪的是，現在這一帶不但面目全非，農場早已一家接一家的消失，連麻雀也差不多絕跡了。我們早已不再養雞的小莊園裏，盡是每天上午搶吃我撒到膳堂門外的麵包粒的紅耳鵯，以及叫聲比業主夫人的粗口難聽得多的噪眉。對我來說，她說的「恭喜發財」和「X你老母」，同樣令人懷念。

拾袋記

那個十六乘十五吋的厚塑料手提袋裝了二十六份卷子，格外厚重。我在西鐵就坐後把它平放大腿上，再把一個盛着兩件待改襯衫的紙提袋疊在上面，然後取出筆記備備課。沒多久，手機震了。我右手急忙探到塑料袋底層的拉鍊暗格裏，試圖把手機掏出來，左手卻沒有按着紙袋，讓筆記從傾斜的表面滑下去了。

當我正要從褲子後袋拿紙巾拭抹筆記之際，輪到紙提袋墮地了。這時右鄰的主婦霍地站起來，躲到車門邊去，不知是要讓我可以較從容地整理一切，還是對我的忙亂忍無可忍。我既沒致謝也沒道歉，只管再去挖那個不再震動的手機。根據來電顯示，那只是一通令我的重要部位經受了起碼半分鐘輻射的垃圾電話。

洗

在商場廁所大肆洗臉洗頸沖臂抹身，然後把山中弄濕的汗衫換掉。

「不好意思，搞得一地是水。」我向握着拖把站在旁邊的粗眼鏡清潔大哥致歉。

「無所謂。收工了嗎？」他祥和地說。

小腸氣之謎

為甚麼昨晚當我站在洗衣房前的台階下、左腳踏在左邊兩磴石級中間，洗濯台階頂上塑膠桶裏一件牛仔外套的時候，一面用右手抓着領子嘩啦嘩啦地使勁抽打，一面又以左手護着左方的蛋蛋呢，真的說來話長。簡單地說，我忘了在拳師內褲下面加一條角褲，把蛋蛋裹得嚴嚴的，而我又不想得小腸氣。

醫學上的解釋是，歲數大了，股溝內環和腹部肌肉老化，腹壁變得薄弱鬆弛，小腸或其他游離臟器就可能會通過孔隙，進入陰囊或其他部位。大學時的足球隊友阿沼不知是否因為戒不掉踢球這種劇烈運動的緣故，多年前患上此症，開刀後遵醫囑不踢球，從此以嫖妓為唯一嗜好（當然這並不是醫生建議的）。當然，我不曉得嫖妓算不算劇烈運動，會不會引致小腸氣。

我也懷疑有沒有哪個笨蛋曾因手洗衣物而害了小腸氣。追賊倒是危險得多。九年前有天傍晚，握着大鏟子和修車房的年輕老闆一起窮追一名闖進小莊園偷東西的染金髮毒蟲，從村道追到公路，起碼追了二百公尺，一直追到他登上停在公路旁的腳踏車才鳴金收兵。後來赫然發覺自己在襯褲下面穿的並非角褲，而是保護作用不大的拳師內褲，擔心了好幾個星期。

對於中學時代彌敦道某大廈的某醫生來說，我的恐懼是多餘的。由於天生左邊的蛋蛋比右方大得多，那時我認定自己已患上小腸氣或者早晚會患上小腸氣，加上媽媽常常提及某位相熟的小腸氣患者「下面像茶壺那樣大」而且「痛得要死」，加上一個和我要好的來自非洲的寄宿生某年放完暑假後向我們展示小腹上一道長長的、紅紅的小腸氣手術的傷痕，我決定鼓起勇氣面對現實，某年冬天硬着頭皮走進那家從未光顧過的診所裏去。

「誰說你小腸氣？」檢驗完畢後，年輕的醫生向躺在牀上的我責問道。我無言以對，沒付帳就跑掉了。順便一提，我沒給錢並非因為對檢驗結果有些甚麼不滿意，而是認為既然不用吃藥打針就不該有任何費用罷了。不過，那趟檢查並沒有消除我對小腸氣這種奇怪疾病的戒心，也許那時我以為比患小腸氣更可怕的事情，就只有失去睪丸了。聽說我們那位戴金絲眼鏡的校長，正是因為打高爾夫球時被校董會主席打爛了一顆睪丸，才能夠坐到校長寶座上去的呢。說的同學言之鑿鑿，我們也深信不疑。

三十年後，那種可怕程度僅次於「失掉蛋蛋」的疾病，真的降臨我們家裏。但受害者並非我這個疑神疑鬼的大兒子，而是我們那個早已結束了養鷄場、不再勞動的老爸。他得小腸氣的那一年，該八十來九十歲吧。可幸手術順利，而且小腸氣和小腸氣手術並沒有阻止他多活一段相當長的時間，差點兒活到一百歲。

好鈔無頭像

忽然十分懷念有利銀行，懷念它發鈔的年代。據說英資的有利在六十年代印發的那種紅框內有個世界地圖的百元鈔票，比滙豐和渣打的值錢得多，因為前者自七四年後便不再發鈔了。不記得那年暑假在深水埗四姑母的製衣廠小住期間、步向北河戲院途中，從口袋掉下的那張一百塊錢是否有利的出版，只記得它尺寸奇大，比如今的一百塊錢幾乎大上一倍，想來更加笨拙可愛。也因為它夠大，昏暗的夜街上也立即發覺出事，來得及在一個衝過來的陌生男人動手之前俯身檢拾。

「我的。」我說。

除了那張未在集郵社花掉就幾乎丟失的百元大鈔之外，不記得還從媽媽衣櫃上格偷過多少張百元大鈔了。如果說四姑母的養子是個不肖子的話，我也算得上不肖子吧。六十年代末，他在四姑母發現罹患末期肝癌之後，跟姊姊——四姑母的養女爭產，有次偷了一疊鈔票，在她倆召來的警察到場時自囿於厠所，把它們塞進馬桶裏沖掉，毀滅證據。不曉得那疊鈔票當中，有多少張有利銀行的百元大鈔呢？在爭產一事上，表弟當然大敗於表姊手下。四姑母死後第二天，表姊從她的銀行保管箱搜出了三百萬現鈔。一想到當中那些該是成千上百的有利銀行百元大鈔，不免既嫉妒又懷緬。我是否應該說些比較有意義的話，例如這件事情反映出那是香港製衣業的黃金時代、那是在一棟無電梯舊樓開一家兩層樓的小製衣廠省吃儉用就可以「先富起來」的黃金時代呢？

說來慚愧，那時我們很窮，但我這個不肖子仍不知節儉。我考上了市區一家著名中學，倒害得媽媽要把一雙龍鳳金手鐲典當掉，再向四姑母借幾百塊錢，湊足頭兩個學期的寄宿費。我是單人匹馬去製衣廠接受那幾張百元鈔票的。四姑母說你要記着我啊。我記得她，可我並不懷念她，只懷念那段日子、那個年代、那個香港、那些百元大鈔

——向四姑母借過的、自媽媽衣櫥偷過的。

雖然我的不肖程度無法和那位後來把分到的兩層舊樓敗光的表弟相比，但他跟我沒有半點血緣關係，嚴格來說算不上家族成員，無論媽媽那邊或爸爸那邊。可堪告慰的是，媽媽的家族出了一個更差勁的不肖子：大姨母的么子，五兄弟中的老五。他因負債纍纍而騙掉某市政府幾十萬塊，匿居巴黎。不曉得他是把錢先匯過去，還是將大捆鈔票放在隨身行李甚至寄艙行李中帶上飛機的。最近從新聞報導得知，大陸人愛現鈔，某些貪官還把成噸的鈔票藏在寢室或整棟房子裏，甚至魚塘淤泥、花池米缸內呢。

五表弟出事前，曾在廣州義務陪我六弟等腎。雖然他半途走掉，六弟終也等到一個年輕死囚的腎。也是最近的新聞報導說的，中國某委員會宣布由元旦起全面停止在器官移植手術中使用死囚內臟。這使得六弟下次勢必要付更大量的現鈔，才張羅到另一個像樣的腎了。但在我們當中，他仍然是唯一一個應該「愛國愛黨」的家族成員，起碼香港這邊如是。說起來，五表弟就像有本事從刑場直接取腎的那位老醫生一樣神通廣大，不僅可以騙去市政府一大筆，還能說服對方既往不究，安然回國，繼續花大姨母和二表哥的錢。其實二表哥自身難保，也好賭成性，多年來把文革後走私文物所賺到的花得一乾二淨。

對於像我這樣的一個收藏癖來說，那真是二表哥的黃金時代。可恨的是，我只從他指縫中，接過兩三枚「袁世凱大頭」銀幣，除此無他。那些大量生產的銀幣，不會因為袁世凱時代的終結而變得稀罕，正如五表弟曾幾何時擁有過的大量毛澤東頭人民幣，以及終將湧現的印上這文革魔頭或者後世一眾劊子手其醜無比頭像的香港鈔票，在這個「有中國特色」的獨裁者俱樂部覆亡之後，肯定不會變得珍貴，不會像有利銀行的殖民地百元大鈔那樣值得記取。

黑詩

中學時代有次當街被一名便衣嘍囉押上一輛坐了四名嘍囉的汽車的後座，夾在他和另一人中間，懷疑小弟剛參加了一宗金鋪刧案。前座的嘍囉別過頭揪我的頭髮，後座的則從我口袋搜出一張草稿，問那是甚麼。我說：一首詩。可惜他看不明白，還懷疑那是黑社會的黑詩。我記起那時詩作坊某詩友的一首習作，頭兩行都有「幹你老母」四字，如果那被警察搜到就糟透了，因為那四個字正是他們會看會講的少數字句的其中之一。

麵包之戰

我不想那袋麵包停在油膩的盤子上，遂伸出右手，抓住袋口往上提。但年輕女店員左手死命捏住袋子中央，跟我進行了一場三秒鐘的角力，直至我喝令她放手，好讓我將左手提着的那個盛着拙作《跳虱》十冊樣書的平底紙袋一併交給右手，騰出左手從左邊的褲袋掏出八達通卡付賬。

「你在賣珠寶嗎？」我離開前罵了一句。

射人先射眼

我是從那個津津樂道自己逢假日替男人們「吃冰棒」的菲傭麻子臉瑪麗口中得知，老妹曾經對她造謠說我的「名牌衣服」全靠大姊津貼的。瑪麗曾經在距小莊園至少十哩的一個山麓村落裏照顧我們那個隱居的老爸，直至他差一點活到一百歲。不曉得這謠言還在多少張嘴巴和多少隻耳朵之間傳揚過，也許正因為它的緣故，這幾年我冬天總愛穿破破爛爛的牛仔外套或者斑斑駁駁的牛仔襯衫——雖然它們不是柴油牌便是智多星，夏天老會穿縐巴巴的麻布襯衫——雖然它們必是拉夫勞倫馬球，以免老妹在園西眾人共用的大晾衣架那兒，不斷看見那些她一眼就認定是名牌的勞什子。反而我由於不想被譏為老阿飛而交由老媽託人送給鄉下舅父一家的那些衣物，卻多半是比較鮮艷、比較簇新甚至沒有穿過的、無法否認的名牌貨。

說起來，在餽贈名貴衣飾一事上，大姊倒是相當孝順的。老爸生前，她常常給他買高價大衣。眼下半退休的她常常飛去巴黎掃貨，也間中會給老媽捎個皮手袋，最近的一個是託我從她的會計師行帶回小莊園的普拉特黑色皮袋。至於我們，除了十多年前分別獲贈一套西裝以便出席她大女兒的婚禮時穿得體面一點之外，從來不會、也不需要收大姊的服裝補貼。去年底她曾經把一雙人家送給姊丈的肯特與柯溫牌襪子轉贈小弟。那種配搭西服皮鞋的棉混尼龍纖薄襪子，我是從來不穿的，差不多立刻轉送岳丈了。如果說眼下有誰理應接受大姊的穿衣津貼的話，那一定是五弟。

每一趟自多倫多回來，他都會細心看看以前教她的幾招簡單氣功練得怎麼樣，有甚麼地方還須改善的，諸如此類。

跟我相比，五弟算得上相當走運了，關於他的謠言用不着女傭反芻給他，而只是從老媽那大概不會加鹽添醋的嘴巴獲悉的。去年夏天偕妻女回港度暑假時，五弟引述老媽說，他的另一個哥哥投訴他大前年夏季，藉口示範右腕的靜脈管如何因「氣」強而不住跳動，向其右眼或左眼隔空發招，使得那顆可憐的眼珠子「不舒服了很久」而且「幾乎盲了」。於是，五弟的這位哥哥自前年暑假起不再理睬五弟，而且敬而遠之，以免被他再次發功弄瞎一隻或者一雙眼睛。不過，五弟還不知道，他那位四年前才主動幫他出了一本個人氣功專書的兄長，也許對於他為何忽然狠下毒手百思不解，結果怪到我頭上來——當着印尼女傭阿D的面跟老媽大聲數說，我就是指使五弟出招暗算的幕後黑手。這麼說，堂堂一個練就「內氣外發」的氣功大師，可以說是淪為我的打手、爪牙了。

忽然想起五弟的一個小學同學，一個留學期間從三藩市回來繼承父親衣鉢的幫會頭頭。他左邊的眼珠子是假的，可是質量極高，會隨着右眼轉。他該是由於以夜作日而得了青光眼，並非因為瞄了我五弟手腕上躍動的筋絡一眼而瞎掉。其實，對於被超強氣流或者其他疾勁的勞什子擊中眼睛有多痛楚，我是相當理解的。那年我當雜誌編輯，有天早上在辦公室和會計員比試射術，輪番以橡皮圈射擊我從京都清水寺買回來送他的一尊木雕小佛像。不知是我箭術不精還是佛像有靈的緣故，指上的橡皮圈並沒有往前飛，卻往後直彈右眼。如實報告眼科醫生的時候，我瞄見年輕的女護士忍不住笑了。那實在是可笑的。即使像英格蘭國王哈羅德二世那樣在戰役中給敵方弩手一箭射穿右眼而一命歸陰，現在看來都是可笑的事。

這麼說，不管是五弟的那個哥哥被他一時失控的內氣射傷了其中一隻白天才睡的眼睛，還是到處謠傳我接受大姊服裝津貼的菲傭在幹「舔冰棒」兼差時讓哪個色鬼一時失控的精液射痛了其中一隻化了濃粧的眼睛，都是自己應該一笑置之也不應該介意人家大笑三聲的事情吧。

擠眉弄眼和勾肩搭背

四年前我們跟南鄰的新業主發生邊界糾紛，我到小城的地政分署查找可以顯示吾園邊陲舊建築物位置的殖民地時期的「飛機圖」時，曾經對在那兒當了幾十年會計員的小學同學魚頭視而不見，並非因為那時我擔任校友會公關而每年聚餐他屢請不到，而是要報復某天中午他在茶樓門廳裏對我視若無睹。不曉得他退休後可還住在小城，只知道他早已遷離小學時住的谷亭街。下一趟見面而又交談的話，也許我會問起街口那家拖鞋店和那個女老闆的事情。

我在最近寫的一首詩中戲言它已結業的拖鞋店，果真關門大吉了。這是半個月前坐計程車進城品茗時（從村子前赴元朗市區對我們來說算得上進城吧），赫然發覺的。「連這老店也結束了。」我說。「開了幾十年。」看來跟我歲數相若的司機應道。不用估算，那位最近曾要求買拖鞋的我幫她在店堂深處撒些鼠藥的中年女老闆，起碼已是第二代經營者。當然我並不知道，她結束營業到底是由於我在詩中胡說的患夢遊症的拖鞋誤吃鼠藥，還是因為鼠患太嚴重，或者谷亭街的租金漲得太不像話，或者奶粉藥房、兌換店和流鶯越來越多，把想買拖鞋的顧客都搶走了。拖鞋店左鄰的時鐘旅館的左鄰，去年曾經有過一家烘雞蛋仔名店的分店，但只是曇花一現，也許雞蛋仔愛好者們都被流鶯們干擾或者改變食慾了。在小城同樣租金飛漲的年代，也許只有她們和託她們福的時鐘旅館，能夠屹立不搖。

從前當人們說谷亭街的時候，他們說的不單是谷亭街，同時也是這條街分支出去的四條小街和一個巷子。四條小街的盡頭，從前是小城的東端。二十多年前某個黃昏我因亂過馬路拒受喝查而被群警追捕，就是迂迴地奔跑到那裏去，再坐從天而降的計程車逃之夭夭。至於巷子，則起始於拖鞋店與時鐘旅館或其前身（不記得是甚麼）之間，蜿蜒通往元朗大馬路的東部，地勢比低於大馬路的谷亭街更低。吾家開養雞場的日子，我常跟爸爸到巷子深處的鐵皮農具店去。雨季一到，每每涉水而行。七十年代農場因大陸雞湧港而倒閉後，我進巷是為了另一目的——看要命的牙醫。我的牙齒不好，注定一輩子擺脫不了那些握著恐怖金屬武器的虐待狂和他們的大躺椅。自從換了牙醫以後，三十多年來再沒有進過巷子了。

我接著看的牙醫姓譚，個子很高，診所設於大馬路一棟三層樓房（那時元朗大馬路的房子全都只有三層）的二樓。他收費挺貴，該是個名醫吧，可我記得的並非他的醫術，而是自脫牙行刑室衝出來吆喝著把一名等得不耐煩的候診者攆出去的那種氣勢。不過，從小學到初中，我在小城看得最多的名醫，還是後來也當了醫生的小學同學阿初的老頭子。他長得該比逐客牙醫還要高大，我也見過他有一回由診室衝出來，但不是驅趕哪位嘮叨的病人，而是持著針筒，往半昏在候診間沙發上的我這個孱弱少年的細瘦屁股上捅了一針。矇矓中從沙發仰望，覺得他比平日更高大得多。

阿初老頭子的底樓診所坐落於谷亭街與大馬路相交處，跟大馬路斜對面林子祥的老頭子開的那家診所分庭抗禮。後者我一次都沒看過，前者則可說是我的再生父母。我一根贅生的拇指，就是在他的診室裏，給他用小手術刀割掉的。可惜我上到高中之後，他就退休了。此後谷亭街再沒有名牌西醫，只有橫街上僅能說薄有名氣的跌打醫師。我最近常常光顧的，就是第四條橫街將盡處的一家算得上窗明几淨的跌打館。跟拖鞋店和第二個街段那家去年曾賣給我一包不能發芽的南瓜種子的「菜種行」一樣，它也是經營到第二代的。但無論到訪拖鞋店、兌換窗、菜種行抑或跌打館，在谷亭街上我總是走得比平常更急更快，生怕瞄見某大學同學曾經結伴光顧的流鶯們擠眉弄眼，甚至把我截住，甚至碰我一下。可幸我需要跌打醫師幫忙的，多半是臂膀或指頭，而不是任何一條腿。在此說明一下，我並非假道學，事實上有時還十分色情狂，但眼下的谷亭街實在是整個小城中最難遇見你會多瞄兩眼的良家婦女的地方呢。

對於谷亭街的變遷，魚頭的憤怒或無奈該比我大。小六那年，放學後，很多時我和包括魚頭的死黨肥油在內的三數位同學，總會從學校所在的那個叫凹頭的山村步行回元朗，一起造訪魚頭位於谷亭街一條橫街一棟金字頂兩層木樓二樓的住處（那時整條街的房子全都只有兩層），為的是聽一個或半個下午的披頭四——一台最簡單的方形小唱盤、一根人手操作的小唱臂、三數張小黑膠。那時相當妒忌魚頭，不僅他是眾人當中唯一一個擁有電唱機的（連醫生兒子也沒有），更由於他跟長相標緻、舉止放蕩的小姊姊終日勾肩搭背，有時還在床上狂蹦亂跳。那時我懷疑、甚至相信他倆在搞姊弟戀，只是無從証實。

曾經聽吾姊說，她老爺子曾經擁有半條谷亭街的房產。不曉得魚頭播披頭四的地方是不是他的物業，也不曉得魚頭是在他把半條街賣掉之前抑或之後搬離谷亭街一帶的。只知道吾姊那位土生土長的老爺子早已無法看到自己放棄的那條街的沒落，只知道頭髮早已全白的魚頭仍可偶然瞥見他自己和小姊姊互摟著嘻笑著走過樓下那些米舖和雜貨舖，年輕得絲毫不在意、甚至絲毫感覺不到街道的低陷，或者自己的放蕩。

頭破醫頭

送給清遠農村幾位表弟的舊衣物當中，最不捨得的，要數那件上半牛皮、下半聚脂纖維的重播牌夾克背心。前年我把它交到老媽手上，並非因為前胸位置兩種物料相連處曾經掉了線露出一個小口子而經過補衣師傅的修理，破了氣，只是由於衣裾附近的兩片血跡雖經乾洗師傅處理卻仍然令我想起五年前冬天被西鐵月台的塑膠盲道釘撞破的那個前額上的血洞。

多虧市區公立醫院縫針的醫生以及郊區公立診所洗傷口和拆線的護士們技藝超凡，那個深得可怕的洞已完全消失，而且了無疤痕。如果說這椿原因成謎（如果過勞或者誤觸肋骨下某個穴道不是原因）的昏迷事件有甚麼值得慶賀的話，該是一次成績合格的免費體檢以及多次從未試過的醫療經驗吧。

「果然是幼線，要找另一把鉗子。」四眼護士帶着裹在透明膠紙中的新鉗子回診室來，動手前提醒我「會有點不舒服」。但我覺得她給我拆線就像水療過程中的「針清黑頭」那樣過癮。我一面嘶口水一面享受着，一如享受着妻把剪成一塊塊的保鮮紙黏在我的額上臉上，然後替蹲在臉盆前的我洗頭。

不過，我在月台上昏倒時跟前額一起首先觸地的左膝的傷，不管是妻還是護士，都幫不上忙。起初我以為那只是普通撞傷，跟三十年前以太極十八式治好的、長期的籃球運動引致的嚴重勞損不能相比，以為每晚邊看電視邊用跌打藥酒揉搓就足以應付。一個月後，左膝的軟組織並沒有好起來，反而長了一顆比額頭的血洞更可怕的血泡。

我到住處附近某家以「愛」命名的郊區公立醫院覆檢額頭時，讓醫生看了看這多災多難的膝蓋，怎料他輕描淡寫地說：「這個不急。」接着安排我三個月後再去。二十九年前，我和老媽被我養的一頭超級惡狗咬得右掌幾乎血肉模糊，也是到這家醫院求救的。那時在急症室，一名護士對另一個大聲說：「別碰他們。瘋狗症啊。」二十九年來，這家狗屎醫院每一趟舉行街頭賣旗籌款（或者該說賣小貼紙籌款吧），都只會惹起我悠久的怒氣。

或許不能怪那個醫生也說不定。事實上我的膝蓋並非皮開肉綻，況且我又蠢得如實答他：行走自如，且不再痛。我同意妻的看法，不能對這泡子坐視不理，遂經大姊介紹，到訪一位在市區應診的骨科名醫。不曉得大姊是怎樣認識這位骨醫的，她顯然跟那兒的顧客不屬同一類別。除開我，所有人都是女的，所有人都是因為一種跟骨骼有關的勞什子毛病求醫的，都是高跟鞋穿得太多或者太久而得了拇趾外翻症的時髦病患者。雖然她們似乎沒有向我投以奇異的目光，但我仍然覺得自己是一個要勞煩醫生以一支巨型針筒抽掉膝中血水的、佔了某位拇趾外翻女生的看病名額的、不正常的笨蛋。

頹廢度凶年

我曾經有過一本美國《電視周刊》，封面是持鎗站立的青蜂俠和凌空飛踢的助手加藤。那是一九六六年十月廿九日至十一月四日的一期。現在，對我來說，李小龍參演這電視劇是那一年的頭等大事。但在一九六六，我還不知道他或者青蜂俠是誰，對我來說，那一年的頭等大事就是小弟以二年級生的身分贏得乒乓球全校第五名，昂然進入校隊。值得一提的是，該屆的第二名，到了翌年，也就是被稱為左仔的驢頭們在各區亂放炸彈的一年，得了全港公開賽冠軍。中學二年級是我寄宿生涯的最後一年，我只管努力把乒乓球練好，完全不知道深圳河的另一邊爆發了那場甚麼勞什子大革命。

如果要數出第二件大事的話，該是舍監肥蔡在二樓宿舍門長開着的浴室裏撞見一個租住學校對面唐樓的高年級舊宿生而跟他扭打起來。舍監使出「蔡家腳」絆對方，但不成功。遺憾的是，尚未長高的小弟無法擠近浴室門口，要站到靠近浴室的宿舍後門的不知誰的牀上，才能遠距離欣賞。更遺憾的是，不記得哪個多管閒事的同學把兩人分開，結束了這場世紀格鬥。那一年，如果在河的另一邊，胖舍監很可能被我們批鬥了，罪名很可能是每天晚飯時我們只能從兩個菜中任選其一，而他卻可二者兼得。至於跟學生幹架，該算不了甚麼吧。

其實，曾幾何時我十分羨慕打架出色的同學，皆因我不擅此道。我只好盡量把乒乓球打得更好。除了在個人比賽中爆出冷門之外，那年另一件讓我引以為傲的事，就是咱們中二愛班從中學部四十多班（包括所有高年級）驢頭中脫穎而出，成了最臭名遠播的一班。沒有老師愛上我們的課，我們也幾乎不願上任何老師的課，除了那位總是穿淺色薄裙子因而總是泄露了自己每天換上不同顏色內褲的蜜斯。她英文教得不怎麼出色，門牙長得不怎麼整齊，卻也無損她的吸引力。我從來不喜歡坐第一行的，那一年是例外。我也幾乎從來不喜歡在街上釘女人的梢（雖然後來我曾幾何時十分羨慕早逝詩人小覃那種可愛的行徑），那一趟是例外——放學後暗中尾隨着她，坐同一輛巴士，坐同一班渡輪，再坐同一輛巴士，一直跟到跑馬地一棟房子樓下。

我們要是那些被稱為紅衛兵的驢頭的話，一定不會批鬥那位蜜斯，說不定還會保護她，或者幫助她躲起來，就像岳母在那場勞什子大革命中把部分即將付諸一炬的書籍悄悄藏起來一樣。

想不到一九六六年之後的一年，我們連釘梢女孩子的自由也給那些被稱為左仔的驢頭剝奪了，只因他們在河的這一邊所有街道上亂放炸彈。曾幾何時我也十分羨慕吾校附近的甚麼勞什子勞工子弟學校，以及與吾校同屬「培字頭」的另一家中學的驢頭們。聽說他們的校巴底部有暗門，方便隨時往馬路上下「彈」。此外，聽說所有國貨公司都配備了起碼一台機關鎗和別的軍火，這也許就是我從來沒有在國貨公司偷過半件東西的緣故。

那一年我剛巧從寄宿變成走讀，既告別了看宿生與宿生或者宿生與舍監搏鬥的樂趣，又喪失了宿生課餘霸佔體育設施的特權。更可悲的是，那位門牙不正的蜜斯不教我們這個年級。放學後百無聊賴，要嘛從滑鐵盧道步行往彌敦道看看有沒有炸彈專家拆「土製菠蘿」的好戲，要嘛到常去的書店或者日資百貨公司消磨一下略嫌太慢的時光。然後，不記得哪一天，我發現了當時不知道是「美帝」刊物（是又怎麼樣）的《中國學生周報》，而且不記得從哪一天起，拼命把詩稿投給它。其中一首我自稱為散文詩的東西有這樣的幾句：「……快樂是暴動平息啊。快樂就是快樂。快樂的是空中的鳥雀。風中的樹葉。不快樂的是我。」

我不知道那時我為甚麼不快樂，但肯定不是由於那場甚麼勞什子大革命的緣故。那時未到一九六九，我仍未從羅湖橋上瞄見深圳河裏被「五花大綁」的浮屍，仍未在清遠鄉間謁見被誤打成「富農」、把種田賺的錢藏到田間泥土中去的外祖父，仍未在佛山市某大宅的書房裏瞟見那本被當高幹的大姨丈形容為「毒草」的、不許翻不許碰的、陶鑄的書。

一九六七年我不快樂，也許只因為留級了，中文科不及格了。那位瘦小的老先生一整年在課堂上說的，我一句也聽不進去，雖然他滿嘴的山東鄉音我勉強聽得懂。可幸的是，他不會挨批挨鬥，倒是我被他們用文明的方式鬥垮了。說老實話，我不在乎。我在乎的是自己發的旋轉球旋不旋，詩稿給刊用得快不快，以及能不能常常在中學部哪一層的走廊上，遇見那位愛穿鮮色內褲的英文老師。

失聯的蟻——悼小克

昨晨夢見過世二十二年的老吳，晚上就得悉小克剛加入了老吳的行列。《70年代雙週刊》眾兄弟之中，該數他倆烟癮最大。老吳死前八年戒掉了，小克大概一直沒戒吧。深夜躺在牀上久久不能睡去，腦中不停說兩句話：

我寧願你留在反正早晚完蛋的地球上再抽幾千包烟，
也不想你在聽說是禁烟的天堂裏百無聊賴度日如年。

我們在二十歲前相識，其實那時我是沒預期過小克能活到現在這歲數的，因為他不但烟不離手，而且常常不吃，而且常常不睡，起碼當時如此。有一趟他曾向我引述他和也斯等人都很喜歡的鍾妮米曹的兩句歌詞：我們看着太陽升起，只因我們整晚沒睡。

不曉得這些年來他睡得可好。十年前某天傍晚坐巴士經過灣仔時，瞄見他和一名女子並肩站在巴士站，旁邊還有一個長相跟他一樣、鼻樑上架着同樣的幼框眼鏡的女孩。三個都比我瘦。如果說我瘦得像蚱蜢，那他該像一隻螞蟻了。

在第二件事上，小克和我都像螞蟻——我們都愛儲存東西。我收藏他認為是「沒用處」（據某朋友引述）的舊玩具，他則收集別的勞什子，包括火柴盒。最後一回正式會面，我曾送他一盒土耳其火柴，那是八十年代初獨遊伊斯坦布爾時，超市的驢頭當找頭找給我的。現在想來，小克儲存火柴盒子，也許是為了一個實際的理由——用來點烟。

還有一件事讓我覺得他像螞蟻的，就是不知從哪時開始，似乎誰也不曉得他住哪兒或在哪兒出沒。除非在街上撞見，否則後會無期。誰要是撞見他時主動告知電話號碼，他也照收如儀，卻永不會泄露自己的號碼，當然也不會來電了。可是似乎沒有誰會怪責這樣一隻低調到極點的螞蟻，正如現在沒有誰會怪責他叮囑家人不讓我們知道他躺在哪家殯儀館裏補回年輕時未完成的睡眠，諸如此類。

我們那一夥——有點傷感的圖片說明

終於從多年來沒打開過的唱片雜誌櫃裏翻出這兩張裱在一個紋理好看的木框中的連環黑白照片。時間是一九七四年冬天，地點是鍾玲玲夫婦在太子某大廈的寓所，人物是我和那夥常常見面的朋友。

說說下面那張比較清楚、也比較「正經」的照片吧。後排坐着的唯一一個驢頭就是我。向右數過去，依次是張灼祥、抱着年約半歲兒子梁以文的吳煦斌、抱着年約兩歲兒子張海活的鍾玲玲、手裏拿着不知甚麼的適然，以及久違的黃楚喬（李家昇妻子）。

忘了說最重要的一點，這連環大合照是除寫詩外也鍾愛攝影的小克定時自拍的。他是前排左邊第二人，坐在地板上，在當時的妻子駱笑平身畔。要逐一寫出這一排的朋友們的名字，實在無法不傷感起來了。因為從小克起往右數，四個人（小孩除外）如今都不在了。小克不在。也斯不在。翟愛蓮不在。長相「鬼鬼地」身材健碩的莊慶生也不在了。如果說第一排的人好像被機鎗掃射一樣逐一倒下，也許有點冷血，可是，事實不幸如此。

嚼果莫吐皮

如果管黃皮叫黃彈子，那該是為風而設的彈子遊戲吧。我從沒有玩過黃皮彈珠。其實龍眼比黃皮更像彈珠。其實我沒有嘗過自家生產的黃皮該超過十年了，也許因為恃着「如果要吃，每年夏天唾手可得」，也許因為小莊園的黃皮樹已從五十年前的八棵，減少到現在的兩棵，而且只有一棵還在盛年，而且它的出產有頗大部分是送禮用的。其中兩份經我運送，一給大姊，一給岳母，每份約兩三斤。去年八月給岳母送貨途中，乘著與老許喝茶之便，從中抽了兩串給他品嘗。不記得那時有沒有強調，要連皮吃。我曾對妻力陳微辣帶甘的果皮可以中和糖心黃皮果肉的太甜，每年吃一兩串的她也習慣連皮吃了。當然，要人家把果肉、果皮和種子嚼碎連渣帶汁吞掉，以收降火、治消化不良之效，倒是要求太高。總之我認為那些費老大的勁把皮連核除掉只為了那一丁點兒果肉的驢頭全是渾蛋。聽說黃皮的核和葉還能治療蛇蟲咬傷。去年七月在大白蘭的修樹工程中被黑蜂螫傷頭手和腿的泥水師傅老陳，就是蒙老媽指點搗爛種子或葉子塗抹傷口而一夜消腫的。順便提一下，我們最初擁有的八棵黃皮，四棵是果實成熟時呈深黃色的酸黃皮，四棵是有淺黃果實的甜黃皮（媽管牠們叫糖心黃皮）。可幸的是，還未死掉的那一雙小喬木，果子都是甜的，一棵已老，另一棵（也就是妻和我住的長方形平房後那一棵）卻在經歷數十年的瘦弱之後，近年忽然茁壯、多產起來。我懷疑這是由於十年前蓋這房子的同時，陳師傅在樹旁挖了一個大洞、建了一個磚砌的化糞池的緣故。說清楚點，池中的有機肥料該是透過紅磚間的填縫水泥，滲到泥土裏，造就了老木逢春。

除了供應每年送出的八成果子之外，這棵高十六呎的樹現在也成了膽小如鼠的歲半黃貓金毛強的避難所。每當某些大貓吵嘴、打架，或是某頭惡貓欺侮牠，金毛強總會像蜘蛛俠那樣雙手雙腳同步攀爬，瞬即竄上樹頂，呆到危機解除為止。六十和七十年代我們還在老爸的領導下養雞時，小莊園是貓、狗同場的。那時老鼠特多，貓捉老鼠，狗也捉老鼠，可是狗有時也會發神經抓貓咬貓的。那八棵黃皮和那些為數更多的楊桃，當然也為眾貓提供保護了。不知從何時開始，我們不再在戶外養狗，只在我婚前獨住樓上的兩層小樓的底層，養一、兩隻狗。我花三百塊錢從市區一家狗店買回來的沙皮狗阿摩，至今還是我最掛念的一隻。為了懲戒把沙子從小窗撒到樓梯駐腳台上阿摩光禿的頭頂上去的鄰家頑童，我曾把窗外一棵甜黃皮的所在地，用作臨時刑場，把我這個臉有狗咬疤痕的囚徒以麻繩綁在筆直的主幹上，再抓起一把沙，放到他的小腦瓜上，像洗頭那樣揉搓一番。很明顯，我施以沙刑，並沒有念及他年老的祖母曾在我們家幫傭，也沒有念及他矮小的父親每年都替我們爬樹採摘黃皮，只是收下盛滿五、六個大竹筐的收成的其中幾斤，另外邊摘邊吃，作為報酬。順便提一下，我用來綑綁疤臉男孩的那棵甜黃皮，約六、七年前過世了，阿摩則在更早的年月病逝，而牠葬在旁邊的另一棵甜黃皮，也許託牠的福，才存活至今，健壯長壽。

開養雞場的歲月，在七十年代後半期大陸活雞開始湧來之後告終，爸媽開始把部分雞屋改為住房，租給附近玻璃作坊或者其他工廠的工人，也因而開始跟新界理民府那些叫做理民官的驢頭打交道，夏天採果的日子裏免不了以超甜黃皮交換他們對三數間無照住房睜一眼閉一眼。但沒關係，八棵黃皮，或甜或酸，全部尚在人間，讓我們吃到舌頭發麻，讓尚算年輕的媽不單可以向果販出售一些收成，賺點私己錢，還能餽贈親朋，還能餵飽這些一定是只吃果肉不吃皮的驢頭。現在想來，實在不該送他們甜黃皮或者酸黃皮，該給他們龍眼，尤其是肉少核大的品種。黃皮的核扁平呈卵石形，沒法子鯁死人，龍眼核倒可以。

五弟約四歲時，就曾經被一顆龍眼核塞住咽喉，面色發白，年輕的媽眼明手快，探手入喉，救了這小子一命。順便提一下，那時我們還住在小莊園北鄰一個租來的農場裏，還未認識那八棵黃皮，還未認識曾經停在上面卻又不向它們的果實打主意的五種鳥雀，以及曾經爬上去的貓，曾經從樹下經過的狗、受刑者、租客、同學、工匠、女傭、養雞男工、雞販、嘻笑着駕一台手推車的鄉村飼料店三姊妹、查偷雞案的鄉村巡邏隊的膿包、譏笑我們是鄉巴婆鄉巴仔的迷路城市人，以及曾經在樹下把果皮果核吐得一地都是的官吏。

再寄聶魯達

那天入夜時分在園子裏發現一叢山丹和後面的一株九里香分別盛開着大如心臟的紅花與小若繁星的白花，聶魯達先生，我就忽然寫起一首向你致敬的東西來了：

我隨山丹花進入黑夜
又隨九里香從黑夜走出來
我向聶魯達攤開雙手
我說：
我不為你的花粉症負責

嚴格來說，我沒資格向你致甚麼敬，因為對你所知不多，而且對你的詩也所知不多，只記得略嫌太長的《伐木者醒來吧》裏面那四個名句，以及一九七三年冬天兩位朋友所譯兩首大作的最後一段。對，偏偏就只記得最後一段。那位懂西班牙文、當時在秘魯領事館擔任唯一一個職位（聽說職務之一是簽發護照）的朋友繙的那一首，坦白告訴你，聶魯達先生，那六行詩句我記得這樣清楚是有個十分私人的原因的——我集稿時改掉了一個字，而且一直沾沾自喜，認為改得恰到好處。另外的原因是，在往後的歲月，它們常常迴響於我的腦袋和喉嚨中：

我穿過心的隧道
去看別人怎樣生活
當我出來時
雙手沾滿垃圾和沮喪
我攤開雙手給眾人看

我說：

我不對這些罪惡負責

至於第二位朋友，年紀輕輕已貴為文學繙譯先驅。可惜的是，好幾年前他已經游向你和你的「美人魚」之所在。剛才刷牙的時候，我再次想起第二首譯詩的末段：

她頭也不回地再游開去
游向虛無
游向她的死亡

嚴格來說，你的死亡比你的獲獎令我們跟你更加接近。那份叫《文林》的雜誌那個紀念你的特輯，有我的一篇叫《迷信》的勞什子。那是關於你的死亡和另一些人的死亡的，它後來收錄在我的第一本集子裏，而且是第一篇。最末幾句這樣胡說：

我看不見，你是給他們屠宰掉，還是在屠宰之前，已經因病死去——一條患上癌症、又害了心臟病的魚？

當然，聶魯達先生，我在臉書發布的那首向你致敬的勞什子，結尾只是跟你開開玩笑而已，你並沒有花粉症。我也沒有。

後腿

小跛豪不像已故老前輩黃仔——黃仔被蒼蠅蟲蛀壞了右後腿之後反而更強壯更好鬥把鄰家惡貓揍得消聲匿跡。但小跛豪總算比陪了牠一段日子的花臉妹妹和黑仔表哥長壽。

牠生就一根有問題的左後腿，最佳狀態下可以勉強站立蹣跚前進，最壞時要爬行甚至只會半坐半躺，但牠仍然能吃能睡，似乎明白「過一天算一天」的道理。

對小跛豪，除新年祝福外，我可以做的，只有每晚照樣以特製的魚肉飯或豬肉飯餵牠，然後抱牠回箱子，用衛生紙作睡前抹身，以及夢見牠站直四條腿行動自如，甚或被國家航天局看中，成為一隻太空貓。

不用擔心走路的太空貓。

發車時刻

在商場外的巴士終站跳上一部開着門的968路車，問還有多久開車，以便估算一下進商場小解的妻能否趕上。四秒。司機狠狠地說。四秒。如此精準的時限，只夠我走下車，或者最多邊走邊罵。

現在想來，到底趕甚麼呢？活着需要時間。把電子體溫計插在舌頭底下監察退燒情況，也需要四十秒。四秒只夠剝一個土耳其無花果的皮。四秒不夠我進電影院時以濕紙巾乾紙巾揩拭靠臂和扶手。四秒不夠我寫一句快樂的詩。四秒可能只是那年表哥從十樓跳下來爭取到的時間。

液體

正要在大半空着的四人座就坐，瞟見亮滑長椅的左邊盡頭有一灘液體，遂大聲說：且慢，有尿。

坐在右端的女士瞪我一眼，然後認出了我是三十年前的同事。

「你真失禮。」妻後來說。

「她該記得我就是這樣。」

抹果

「黏糊糊，先抹一下。」我一邊用紙巾使勁擦這顆秘魯牛油果標籤周圍的部分，一邊向面有慍色的中年果販解釋。

我把價值十三元的果子放進他不太情願地遞過來的小膠袋中，讓妻拿着，再用同一張紙巾的背面，揩拭幾根指頭，這才從零錢包抽出一張二十元鈔票。

我該預備另一張抹手紙，如果料到他會拼盡全身的勁，以兩枚濕漉漉的硬幣攻擊我右掌的掌心。

握手邀請——給劉曉波

那年當姑母自病床上伸出因肝癌而枯乾的右掌跟我道別時，我猶猶豫豫，以年少的手回應，草草一握。

我仍然害怕這種握手禮。可是，劉先生，實不相瞞，你那兩隻有血無肉的手掌，在所有對整潔癖患者來說全是骯髒多菌的陌生人手之中，卻是此刻，我最想緊握不放的。

下火三寶

因為說某復出歌手酷肖年輕時的夏蕙姨而被某前友人辱罵「文痞」，然後不知因為甚麼被有「被逼害妄想症」的鄰居誣衊天天用膠水勺澆濕他屋後的鐵水管而且還當上了警察的線人。這讓我很火大。該吃或者該喝甚麼勞什子降火呢？

兒時常喝媽媽煮的金銀花露。剛才晚飯後和妻在園邊小徑散步時，就循撲鼻的香氣找到圍牆頂上路燈黃光中那叢盛放的金銀花。金銀花茶加點蜂蜜，我記得是很好喝的，不知因為甚麼，小莊園的廚房起碼二十年沒煮過金銀花露了。妻似乎躍躍欲試，問金銀花草藥是怎樣製作的。原來金銀花本名忍冬，「要趁含苞未放時採摘，陰乾，生用、炒用或製成露劑。」含苞待放就給摘掉？笑話。對我來說，嗅嗅花香、瞄瞄一團團既黃且白的細長花瓣，已經可以去火。

而且消暑下火，還有竹蔗茅根水。我倆每次出門，總會帶盒竹蔗茅根晶沖劑，日日一人一包，要嘛早餐時在酒店餐室沖飲，要嘛下午或晚上在房間裏喝。那年（婚前某年）夏天妻到威爾斯海濱小城亞伯立斯威上課，我陪讀。下午當她在小山上的校園時，我就回到剛打掃完的三層旅館的閣樓房間去，手洗衣服，然後沖一杯深褐色的竹蔗茅根水，靠着窗台，邊飲邊看海灘上的行人和泳者。

海灘盡頭有一家供應英倫三島傳統食物的餐館，我不記得在那兒點過甚麼菜，卻可以肯定每一趟總會叫杯棕啤酒。棕啤酒又名愛爾啤酒，是我歷來最愛、惜在香港難以嘗到（尤其是鮮啤酒）的品種。差點忘了說，啤酒也是降火絕品。二〇〇〇年前後，我常常在 eBay 賣星球大戰試模公仔，有一回某個美國收藏者因為輸了給拍賣快結束時才出價的另一個美國收藏者而火冒三丈。我馬上在回覆他的電郵中好言安慰，可是他說：「我得喝杯啤酒消消火。」現在想來，要是那天在手機上讀到那則關於「文痞」的攻擊之後我立刻跑到一家酒吧裏去，那個混球就不會給我從朋友名單中清理掉了。

渴睡綜合症

忽然想起那年隨某夥人到美孚新邨找杜杜，順道探訪住在同一棟樓的（我不認識的）亦舒。那個時期，他們兩位各在報章寫超短的欄，分別叫做《開心集》和《舒服集》。開開心心，舒舒服服，羨煞小弟。可惜我從未擁有過只需二百字的專欄。近來翻剪貼冊，重讀了一些朋友的舊作，其中鍾玲玲發表於一九八三年一月三十日的專欄文章《孤寂》有這樣的對話——

「你寫作痛苦嗎？」

淮遠答：「非常痛苦。」

要寫一篇超過五百字的勞什子，我花的構思時間該比別人多。要寫一篇一千字的勞什子，總有一兩晚睡得不酣，夜半醒來想到甚麼，就起身記下來。因為不想讓燈光刺激眼睛以致無法再睡，只好沒戴老花鏡就摸黑在廳中找紙找筆，然後走進浴室，在分隔洗手盆與馬桶的矮牆頂上，趁着後院徹夜亮着的路燈透進來的微光，寫下又大又草的字句。沒錯，寫作很痛苦，可是開心。其他大多數事情就不同了。

前幾天忽然對妻說：「中學時代浪費了許多青春。」五年級差不多所有課堂上，我總會一開始就把手錶剝下，擱在桌子的正前方，除了偶然半扭過臉朝左邊瞄瞄斜坡上的花之外，大多數時候呆望着時間緩緩流走。我不想控訴，我要逃跑。有一回班主任把我從我覺得安全舒適的最後一排座位，調到最前面去，我就借勢失踪三星期，直至學校打電話給媽。而在同樣虛度的中六那年完結時，我又對某大學入學試忍無可忍，翹掉了半個考試。

除開寫作，以前我能夠不辭勞苦的事，只有旅行。可是現在，太遠的地方也不想去了。雖然長途飛行中困在經濟艙的狹窄座位上我仍可以一口氣睡六、七小時，但出發前密集的準備工夫和回來後繁重的洗衣工作，加上對於旅程中其他旅客樂此不疲的事情的日益厭惡，令我捨長取短，捨遠取近。

婚前獨個兒遊歐或者遊美，老愛胡亂逛街，累了就回旅館，放下剛買的東西（通常會有），洗洗手洗洗臉（很可能也沖沖腳）、看看電視，或者只是坐一會兒。（這跟五年前在倫敦皮卡迪利街因被突來的寒風刮進肚皮裏而不得不在梅森百貨店三樓茶葉部一張太師椅坐下來緊急休息把妻嚇得半死相比，當然是另一回事了。）很多時，我整天不涉足任何景點或博物館。妻是個正常人，這使得我婚後一起出門時，有了泡博物館和遊景點的壓力，有時尚未到達已經累得要命。今年六月從京都漫畫博物館步行去文化博物館途中，我們就曾經在妻愛用的谷歌地圖的胡亂指引下，在烏丸通與御池通的交叉點上團團轉，白白等了三次紅綠燈，循順時針方向過了三遍斑馬線，幸而我在過第四次斑馬線、返回起點之前臨崖勒馬，改用我慣常的方法——向本地人問路。帶着半死的軀殼去到那個文化博物館，我已沒閑情買票進去看那個甚麼貓展了，只是坐在展館門外等妻，更因為看無聲的手機而被女服務員教訓了兩句。

寫到這裏，容我再羨慕別人一次。這次的對象是四年前夏天某晨在布拉格一家旅館吃早餐時坐在鄰桌、看來同齡的外國太太，以及幾個更老一點的老婆子。我羨慕她們才吃罷早餐便能馬上在酒店門廳各據一椅，或者共佔一張長椅，仰臉睡去，乾枯的嘴巴張得老大，仿如一個接着一個的黑洞，把全部疲勞、不適、不快以及無意義的積極，一古腦兒報銷掉了。

【第三輯】獨行莫戴帽

廈門最後午餐

（一）12月20日

「你坐到那個先生旁邊，好讓阿思坐過來。」

「我為甚麼要坐過去？」岳丈不明岳母的意思——生怕大女兒（亦即阿轉的大姊）的五十多歲好友阿思不愛坐在陌生男團友身畔。這種想法跟昨天參觀土樓時批評岳丈經我推介買梅菜乾的說話一樣費解：

「給你煮豆豉排骨你不吃豆豉，買梅菜乾來煮五花肉幹嗎？」

岳丈結果還是要了一袋十塊錢的梅菜乾，正如結果還是不肯讓出我左鄰的位子。

「被人聽見真不好意思。」他憤怒地呢喃道。

（二）12月24日

戴墨鏡的岳母顯然在打盹，冷不提防一個惡形惡相的侏儒在右側出現，把臉湊近她的臉。站着的他，跟坐着的她等高。我扯開嗓門警告，但她顯然聽不到。

把侏儒派到我夢中的，顯然是那個福建旅行團中和我們同組、惡形惡相的高瘦會計員Ｐ小姐。她顯然是不滿岳母在午餐席上相當高聲地說了對她丈夫不敬的話：「阿思也許不想坐在那位先生旁邊。」

遊台二記

山雨

在晴暖的昨天留在台北市區而選擇冷雨的今天前往朱銘美術館，而且搭乘取道陽明山的皇家客運一七一七路巴士而不懂得坐穿越平原的國光一八一五號，似乎注定要重溫那年奧蘭多的「太空山」遊戲車旅程了。

從台北車站到金山的一七一七號開到中途，我發覺坐在最後面的兩個曾在車站用國語跟我們說了兩句話的洋人，不知何時停止了上車後便沒中斷過的英語談話。「一定是睡着了。」我別轉頭，卻瞄見其中一人右手緊握着前面椅背的右上角，顯然十分在乎巴士在烟雨濛濛的山路上飛馳。

「我已經過了坐過山車的年齡了。」妻說。

但年輕的司機即使在跟一個顯然覺得自己未過坐過山車的年紀的、半途上車的相熟老婆子談笑時，仍然絲毫沒有減速。也許正因為這緣故，老婆子不久也不得不閉嘴就坐，而且雙手交握，右手拇指在左手拇指上不斷打轉。她在天籟溫泉下車時，我不知道自己到底是羨慕她可以泡溫泉，還是羨慕她可以下車。

離開美術館時，忙亂中隨妻上錯了比那趟免費接駁車早一點開出的往基隆的收費小巴，以致要打着向酒店借的漏水傘子從它設於金山鎮大街末端的車站走到一七一七路和一八一五路大巴位於大街前端的車站。我邊走邊怨，沒想到正好趕上一班一八一五，用不着再看「太空山」的雨景。

退稅

十年沒見阿踏，一見面就撒謊：「一個朋友會到酒店來，八點前要回去。」但他似乎識穿了我，問我要不要打電話給那位朋友，說我們晚了。

「我沒帶電話，我太太的手機在這裏只能上網。」

「可以借用我的。」

但其實我們要早點回去，只不過想早點休息，早點把行李整理好罷了。其實妻的箱子已經整理了一半，而我那一個更差不多完全收拾妥當——花了我一萬一千六百餘台幣的柴油牌「髒活系列」牛仔外套以乾淨的洗衣袋盛好，放在最上面，以便翌晨在機場接受檢查。雖然我已經從百貨公司四樓退稅櫃檯那三位十分清閒的女士那兒，領取了五百五十六塊的退稅，但據那位較高級的女士說，如果不讓海關人員看看新外套，「退稅沒有完成。」

「你要主動。」她還一再強調。

當然，最後我沒有照辦，並非在桃園機場第一航廈的行李檢查處既看不到諸如「請出示退稅物品」這一類的指示牌也遇不見別着「退稅物品檢查官」臂章的驢頭，而是因為對於一些為笨蛋而設的規則，我從來是十分被動的。

倫敦榨汁記

5月17日：喚醒服務

如果今晨五時四十五分隱約聽見的，才是垃圾車按時收垃圾的聲響，那麼昨天凌晨四時把我從今夏在倫敦的第一個睡眠中吵醒的，到底是甚麼聲音呢？

「請形容一下那個聲音。」聆聽我們的換房要求的女服務員說。但她只能提供兩層樓之下同一位置的房間。

「那有甚麼分別？」

「你們每天早上下來問問有沒有人結賬吧。」

今晨得悉收運垃圾的時間後，看來不用麻煩了。看來凌晨四時的怪聲該是偶一為之的，有可能發自被拖曳的、收藏屍體的大行李箱，諸如此類。

5月19日：榨汁機

除開不合時的喚醒服務，這家酒店大致令人滿意，尤其是自助早餐的自助橙汁。我榨橙汁的方式，是壓得只餘一個空殼，以免浪費，但這樣比較費勁，也比較耗時，而且我每次要挑三只橙，弄兩杯汁。

「真他娘的吵。」一名棕髮梳向腦後、戴粗框近視鏡的中年英國男子走過來倒咖啡時，不知罵我還是罵榨汁機。

「是很吵啊。」我漫應道。然後我留意到他跟妻女坐在與擺放榨汁機和咖啡壺的枱子相隔一張四人桌的地方，他背朝榨汁機。因此，稍後當另一位男房客使用榨汁機時，那種仿如汽車發不着的聲音再次從背後襲擊他，使他禁不住別轉頭瞪他一眼。無可否認，他的恐懼是有根據的。但無可否認，那些橙受歡迎，也是有根據的。它們既甜，又多汁，飲用率奇高。我也是前天早上聽到和看到那位總愛獨坐我們左鄰那張方桌的老先生大榨特榨之後，才照榨不讓的。

對於這台有點古老的小機器，老先生有完全不同的看法。就像我需要妻提醒用兩根食指扳下和托起引汁下杯的金屬舌頭一樣，他要勞煩女服務員幫忙。

「這些新科技，哈哈。」他說。

5月31日：橙

旅程結束後一星期，晚上看電視的時候，我對妻說：「這輩子幾乎從沒有給自己榨過橙汁，因為有一個我憎恨的人，每天都非榨一次橙汁不成。」

「我以前也從未住過一家早餐時段讓人自己榨橙汁的酒店。」妻說：「最不快的是，最後一天，你還未榨完，榨汁機就不動了。」

「讓橙渣子卡住了。」我說。

就這樣，我忽然想起，到達倫敦的翌日，也許剛巧是水果供應商給酒店送貨的日子（不曉得只有半邊營業、另外半邊仍在裝修的這家酒店，四層樓三十二個房間的房客，每天榨掉多少個橙，多少天進貨一次），而在凌晨吵醒我們的聲音，也許正是來自盛橙的箱子呢。

如果遠方有甘果

學會欣賞牛油果，歸功於倫敦。某年在某報副刊工作時，某天買了一個火腿牛油果牛角包回報館做午餐，給健康版的阿伍兇了一句：「牛油果胆固醇老高啊！」讓牛油果含寃莫白的，正是它的中文名字。我頭一趟是從皮卡迪利區某小街的一張宣傳海報上，認識到牛油果不含胆固醇的。那是二零零五年，度蜜月那年的事。頭一趟買牛油果，則是二零零一年，從托特納姆法院路上一個水果攤子買的，買了兩顆，一鎊一顆。翌晨，我們把它們從那家位於荷蘭公園區的老舊希爾頓酒店的房間帶到樓下的餐室去，由好像天生懂得剖牛油果的妻動手。我連嚼五個夾滿綠色果肉的大牛角包，弄得滿桌是麵包屑，嚇跑了鄰桌一位正在悠閒地看報的白種胖婆子。也許是不想再讓甚麼旅客担驚受怕吧，今年六月在倫敦羅素酒店下榻的四天，我們只在第三天早上享用過一顆牛油果。那是從牛津圓環的約翰里維士百貨公司選購的，產自秘魯，屬於我較喜歡的清香多汁不易吃飽的品種。我們各吃半顆，轉眼吃完，而且很快請侍者把刮得精光的兩半果殼拿走了。

以肉質分，牛油果該有兩種，另一種濃香少汁，口感恍若牛油。對於哪個地方盛產哪種肉質，我沒有研究，只知道本埠買得到的來自拉丁美洲、南歐、南非、澳大利亞和加利福尼亞。女傭D今年二月回印尼探親後，給我和妻捎了幾顆碩大無朋的牛油果，可惜這個生產於那片曾幾何時和澳大利亞相連的陸地上的品種，竟然淡而無味。

今夏在歐陸最大驚喜的來源並非牛油果，而是無花果。跟前者一樣，這種神秘的水果似乎在遠方才尋得着上等貨。不記得從甚麼時候起，妻一直央我在本埠替她找無花果。結果我斥資二十八塊，在元朗一個水果攤買了一顆據她說味道很不像話的。可喜可賀的是，今年六月再訪倫敦之前到布拉格轉了五天，竟在最後一天，在那家十分像樣的快餐店的鄰街，在一家同樣像樣的水果店開始打掃準備打烊之際，先是挑了一顆深紫色未熟透的和一顆紫黑色熟透了的無花果，然後折回去增購了一顆紫黑色的，盛在薄牛皮紙袋裏，帶回酒店。它們跟四日後在倫敦買到的同類一樣香，一樣甜。

這一趟到倫敦，雖然已是第七次，但離開時卻比哪一次都不捨得。捨不得的並非倫敦，而是無花果。最末第二天，我們才發覺羅素酒店旁邊的羅素廣場地鐵站出口那個出售水果和行李箱的攤子，賣的無花果更便宜——每顆四十五便士，卻又同樣好吃得要命。頭一回我倆對分了四顆，翌晨退房後，我走出去再買四顆，到酒店底樓偌大的洗手間沖洗一下，然後當着留在門廳裏看守行李的剛剛拉了肚子的可憐的妻的面，獨自吃光。現在我的腦袋裏似乎還迴響着年輕果販每次把熟得不能再等的無花果裝進小紙袋中遞給我時說的那句 Cheers 呢。

我們要是明夏重訪歐陸的話，最大動力該是無花果。婚後第二年，我曾在希斯魯機場被一名印度種男關員兇了一句：「你是個教師，怎麼負担得起年年到倫敦來？」那年我是在六弟開的一家五等中學當臨時老總。對於那樣的詰問，妻一直不能釋懷。要是再遇上這麼一個屬於七等物種的關員，我也許會回應一句：「每年都來，為了無花果。」

獨行莫戴帽

上一回戴帽子，是二十三年前，踏足加拿大頭一個星期的事。那時獨個兒租住唐人街一棟亞洲移民聚居的公寓，跟五弟夫婦同一層樓、相隔一個門牌；晚飯到他們那裏搭伙，午餐多半在對街的一排飯館解決。那年多倫多的冬天不比平常的冬天冷，但也不比平常的冬天暖，街道往往因融雪而變得濕漉漉髒巴巴。有天午膳時跟同桌一名陌生老頭閒談起來，他教我滑倒也不致受傷的竅門——要在失足與倒地之間及時調整反應，要不在乎，要放軟身子。我並沒有在融雪的街上摔過，倒曾經讓頭一回戴的一頂阿曼尼牌帶徽章厚呢鴨舌帽在狂風中飛掉。它一個勁在半溶的薄雪上溜冰，我追上去，眼看可以手到擒來，它又往前竄了。我想起中學時看的《獨行俠江湖伏霸》中的射帽——奇連依士活一槍打飛鷹勾鼻正在俯拾的寬邊帽，後者緩緩走去再拾，剛一俯身，它又在槍聲中跳得更遠了，如是者四五次，直至超出射程。可惜我的帽子並非在乾地上逃逸。雖然經過一番追逐我還是最後的勝利者，卻又沒有嚴守呢帽只能乾洗的規則，拼命浸洗，使它變形報廢。

經此一役，我確有好長的一段時間再沒有買過帽子，但主要不是害怕風吹，而是不喜歡帽子戴久了把頭髮壓得扁搭搭的，既礙眼又可笑，尤其是當頭髮越來越少的時候。

重作戴帽人，已是另一種心情、另一種天氣。今年六月到布拉格時，洪水已退，不曉得是彼埠的陽光太炙熱，還是吾髮太稀，我在鼓勵癡愛帽子的妻向露天市集上一位她覺得「有點憂鬱」的中年製帽匠買了三頂棉麻帽子之後，自己也破例戴走了一頂米色棉線參雜棗紅色麻線的厚獵帽；離境之後還悔恨沒有向他要電話號碼或者請他量一下腦袋尺寸，方便再訪前訂製若干式樣相同顏色不同的有邊女帽和獵帽呢。事實上他賣的男用帽子全是獵帽，包括蓋着他那個大腦殼的那一頂。至於只花了我四百克朗的這一頂，不僅十分合我，而且在遮陽以及營造風塵僕僕感方面非常稱職。雖然如此，戴着它走來走去，總有點不自然——並非覺得自己戴得不自然，或者不想看到脫帽後顯得更薄更少的頭髮，只是它令我想起兩個死人。S教授病歿前的一段日子老是戴着獵帽。老爸生前也常常戴這種獵帽，他初到香港時曾在站滿了人的巴士上被扒手故意擠掉帽子，但他死不彎腰檢拾。不曉得老爸是否看過了黑澤明的《野良犬》，汲取了戴白色獵帽的三船敏郎在擁擠的巴士上被偷去佩槍的教訓，也不曉得老爸戴的，是否也是一頂獵帽。至於老爸七年前過世後，有沒有帽子陪同火化，我也不記得了。

在布拉格沒有把另一頂也很合我的棉麻獵帽也買下來，除了嫌它有點土之外，還有一個理由。方莘有一首詩，最末兩句說：

我買了一頂五彩繽紛的彩帽，

因為我有一大段未走的前途。

商禽、紀絃相繼辭世，不知方莘是否健在？無論如何，跟方莘一樣，我雖然還有一小段「未走的前途」，帽子，一頂已經足夠。

一分鐘和兩分鐘單人囚禁

(一)再見襪子

因為口袋裏一支飛機師牌原子筆的緣故，我在希斯路機場轉機區穿過那度「嘟」聲大作橙燈猛閃的電子偵測門之後，立刻被送進一個類似時空穿梭室的圓筒形鋼框玻璃櫃內，只穿襪子的雙腳分開站立，準確地踏在兩個髹成鮮黃色的足印上，兩臂上舉，接受X射線的洗禮。我起初依足玻璃上的黑色人形的模樣，把雙臂斜斜舉起，但站在玻璃門外的白種關員一面示範一面命令我將手舉成九十度而不是四十五度。

其實把手怎樣舉都沒問題，只是他們真的應該把玻璃上繪的那個雙臂明明舉成四十五度的人形修正一下，以符合時空穿梭時代的精準。

其實我也不介意短暫被單獨囚禁被照射或者白種關員鑑於我舉手不合格而在其後搜身時用勁捏我臂膀，包括那條舊傷未癒、套着任誰都一摸便知是護肘的勞什子的左臂。

唯一介懷的是，步入玻璃櫃前，必須脫掉鞋子。雖然襪子可以不脫，但對我來說，只穿薄薄的襪子跟光着腳沒有甚麼分別。同樣糟透的是，還要清空褲子的所有口袋，把梳子和那根飛機師牌原子筆放到一個長方形黑色膠盤中去。該名黑種女關員不明白我為甚麼將筆和梳先以紙巾包起來，再置於盤中我那雙帆布鞋的鞋筒內，而不是直接擺在盤中；不明白這些不知擱過多少雙倒楣鞋子的盤子，比我那雙為了這次旅程洗得乾乾淨淨的西班牙帆布鞋髒得多臭得多。

雖然那只是一根筆芯隨時用光的廉價原子筆和一把梳齒不再緊密有緻的無牌牛骨梳子，但我仍有責任盡量保持它們的清潔。

雖然那只是一雙很舊的船形襪子，但對於完成虛假的時光穿梭之旅以後由於潔癖發作而將這雙縱未接觸輻射也已經被普通塵埃普通污垢盡情污染過的舊襪子當場扔掉然後換上從行李箱掏出來的乾淨襪子，我還是心有不甘的。

（二）戴帽囚徒

毫無疑問，轉機來布拉格前在希斯路機場受「射線」刑的經歷，令我得了禁閉恐懼症，甚至一併患上老人癡呆症。在布拉格科茲街一家糕餅快餐店，為了比一名緊隨着我的白種婆子搶先使用男女通用洗手間，我反而選錯了右邊比較寬敞的殘障專用廁所，而且不知怎的，在時間不算太長的小解和漱口之後，竟然忘了如何開門離開，嚇得魂不附體。

我旋開細小的方形金屬門鈕，往外推門，推了兩下也不成功，忙亂中把門鈕開了又關、關了又開（直至不再知道哪個方向是開、哪個方向是關），把門往外推又朝裏拉、朝裏拉又往外推，接着沒命地搖，讓這扇高六呎半的大木門被搖得鬆鬆垮垮，還是開不了它。正盤算着該一面搥門一面呼救，抑或該使盡全身氣力把它踢開或者推塌逃出去再算之際，忽然記起這是一度滑門，朝左拉上，朝右拽開，一點也不費勁。

脫險之後，為免新買的帽子被滿頭滿頸的汗水弄髒，我把它摘下來，讓體溫下降，這才和妻離開快餐店，沿着原路走回酒店，再次經過那家被旅遊書說成「柴油牌折扣店」卻只有一件設計顯已過時的柴油牌女用牛仔外套的雜牌水貨店。不過，要不是誤信旅遊小冊子而在前往查理大橋遊覽之前撥出一個小時去看一看可有超值貨色的話，我們斷不可能由於走錯了路而在一個露天小市集晃了一下，只花掉七百五十克朗，就向一位在攤子前展示着一台木製紡織機的大肚皮中年製帽匠買了一頂亞麻圓邊女帽和一頂麻棉混紡的獵帽。

在布拉格那種也許在洪水氾濫後更加灼熱的陽光下，保護一頭不能再少的半鬈之髮，跟打開一度無禮佔用的殘障專廁的門一樣，是一樁刻不容緩的事呢。

隨身行李

下午收到兩件小郵包，分別來自阿根庭首都布宜諾斯艾利斯和烏拉圭首都蒙得維的亞。郵包裏是三個三十年前在巴西和阿根庭以百事可樂蓋子換取的不同顏色女超人塑膠玩偶。它們高不足兩吋半，是我近來忙於搜集的同系列袖珍玩偶的其中一個角色。

「你怎麼會對我們這些東西感興趣呢？」墨西哥玩具販子卡洛斯在網上跟我聊了幾句。我沒有正面回答，因為除了「有趣」以外另一個更主要的原因他是不會明白的。近來我斷斷續續地想着一個問題：將來要是長居多倫多的話，該分多少次把多年來收藏的勞什子「手提」過去呢？初步結論是，除了十尊不能放棄的文革瓷像之外，只能保留細小的東西，包括花了大把銀子的那些彈珠糖試樣；同時，往後進的貨都必須愈小愈好。

這些每個角色都有八種不同顏色版本、集齊一套才有瞄頭的迷你玩偶，體積遠小於彈珠糖（具體一點該說彈珠糖的玩偶頭彈射管），而那幾十根彈珠糖試樣，正是一個很好的先例。

九年前，我遷離跟五弟、六弟等人在多倫多北部合資購買的兩層房子，同時遷離多倫多。要一口氣把所有東西打包時，最傷腦筋的是那批新舊衣服，最後淘汰一部分後，剩下來的才能全數盛進兩個寄艙大行李箱中而剛剛不超重。至於儲存於樟木箱的彈珠糖，倒可以輕易以隨身行李的方式帶回香港。看來，過不了幾多年，它們又要以同樣的方式，被送返多倫多了。這我並不擔心。

昨天跟小余喝下午茶時，明夏才念完大學的她向我打聽移民加拿大的「捷徑」，包括持旅遊簽證蒙混入境產子。我說那有兩項先決條件，一是要在可以穿大衣的隆冬時候，二是最好正在懷第一胎，聽說懷第一胎，肚子沒那麼大。現在想來，還有第三項——懷的不僅是單胎，而且不是重磅的。至於怎樣才不會懷大胎，或者懷大胎而挺着不太大的肚子，是不是該請教婦產科醫生呢？

約二十年前，五弟的朋友米雪就是用那種方法，以大衣掩護腹部不太顯眼的「隨身行李」，成功進入加拿大待產的。雖然她丈夫後來也以遊客身分過去相陪時，曾因為「只懂微笑，不懂回答問題」而被海關扣留了一整天，要勞煩五弟去担保他，但她總算在那邊生下了女兒，而這個第一胎現在也該到了可以申請父母移民的歲數了。但願比較豐腴的小余，將來跟當年嬌小的米雪一樣，能有較小的「隨身行李」，陪她飛渡關山吧。

飛渡惡時辰

我是一九八九年夏天在天安門廣場看見一塊我認定是被坦克輾破了的邊石之後第二年的十月一日，展開移民之旅的。顯而易見，選擇那個日子，皆因它讓我想起獨裁者們的一切，除此無他。事實上，自從一九六七年獨裁者在香港的嘍囉發起那場說要把統領着一眾「白皮豬」們的殖民政府鬥垮鬥臭的血腥暴動卻連我們的村道也被放了一枚土製炸彈之後，自從一九六九年我從羅湖關卡瞟見深圳河下游漂着「五花大綁」的浮屍然後在佛山大姨丈寓所裏聽他指着書架上的兩本書訓誡「這些是毒草不能看」之後，我對那個日子從來沒有過一絲敬意。事實上，在那個年代，我倒是對十月十號有些好感，主要是因為每年的那一天，台灣駐港機構總會邀請養鷄農參加「雙十國慶晚宴」，而爸爸總會派我當代表。那時我的腸胃仍未對宴席上的油膩菜肴敏感（到底它們是從甚麼時候開始敏感起來的，我也記不清楚了），那時我仍相當喜歡赴宴，而且那場晚宴準有一個娛樂性豐富的時刻——主持祝酒的驢頭每年總會高嚷一遍諸如「這杯酒明年今日在北京喝」這一類的豪言壯語。

如果十月十日算不上甚麼國慶的話，十月一日也不能算。所以十一，我飛。

至於我自多倫多動身回港的日子，既非十月十號，也不是一號。順便提一下，回來並非因為移民生活（或者說坐移民牢的生活吧）有甚麼苦。沒錯，起初幾個月我是獨居於唐人街一棟叫「龍城」的舊式公寓某層樓一個不大不小的套間，與每天深夜把電唱機開得連我的天花板也震個不停的越南驢頭結鄰，但我總能在直接擱在臥室地板上的乳膠牀墊上從凌晨一時沉睡到下午一時，睡醒後非用指頭小心翼翼把眼皮撐開不可。如果硬要說些甚麼苦事的話，便只好提及讓一頂昂貴的簇新的阿曼尼牌羊毛鴨舌帽第一天戴上頭就被狂風吹到溶雪的街道上以致報廢的事啦。

倒是等候移民的日子，發生了兩樁苦事，一大一小。較小的是到銅鑼灣的皇家警察某辦事處排隊申請「良民證」。對我這樣一個整潔癖來說，打指模——而且是幾個指頭輪着打指模，委實難以忍受。此外，對我這樣一個當時偷竊成癖只是從未被抓的小子來說，獲得簽發「良民證」真是開玩笑。至於較大的苦事，則是在領事館接受最後階段的身體檢查。那天不知喝了甚麼勞什子，在那個類似候診室的房間裏苦候叫名字時，愈坐愈尿急，卻又一直不敢上洗手間去，生怕一走開就恰恰輪到自己。很奇怪，那個檢查是針對下體的（或者說下體及其毗連部位吧）。四十開外的洋女醫官先是命我把襯褲和內褲統統褪到大腿中間去，讓她瞄瞄生殖器。接着她做了一個對她來說是例行公事對我卻是酷刑的動作，用右掌在我的小腹上使勁按了幾下，邊按邊問：「痛不痛？」我斬釘截鐵地答「不痛」，免得過不了關。但其實我親愛的小腹那時由於憋着一大泡尿，每壓一下都痛得要命呢。

跟十月一號相比，七月一號是更加避之則吉的惡時辰。不曉得當年尚未在六月的天安門廣場立下「豐功偉績」的獨裁者們，幹麼偏偏要挑七月一日這一天收回香港的。對於我們這些教書佬教書婆來說，七月一號是神聖的日子，因為每年賴以休養生息的暑假終於開始。對於本市的學生運動青年運動以及諸如此類來說，七月該是神聖的月份，因為一九七一年七月七月我們參加了那個無可否認很有啟發作用的「保衛釣魚台七七維園大示威」。那時我的潔癖似乎還未發病，我還願意在不知給多少雙鞋子踩過的維園三合土足球場上乖乖坐着，直至那頭叫威利的白皮豬下令一眾握黑棍子的「黃皮狗」們衝過來。「別跑。」旁邊的單眼英說。小弟自小深明「君子不立於危牆之下」的明訓，當然沒有聽他。四十三年後，獨裁者們放棄了文化大革命、六七暴動以及天安門事件之中慣用的「武鬥」，展開他們同樣擅長的「文鬥」，派出了比白皮豬討厭得多的「白皮書」，染白了我們的六月，也使得七月一號成為走為上着的好時辰。

不知從甚麼時候開始，在妻的陪伴下，我每年夏天都去英國旅行，並非緬懷殖民地時代的「美好時光」，只因為在倫敦可以嘗到炸比目魚、燕麥啤酒、既新鮮又便宜的無花果，以及最好的英式下午茶和英式早餐，更不要說還有一批市集沒有到過了。此外也許還有一個比較幼稚的理由——我和妻的某些朋友總會發出疑問：「又是倫敦？」（干你屁事。）

選擇七月一日啟程，一來由於怕熱、怕被無數汗濕的臂膀擠壓而不會參加遊行，二來擔心即使不遊行，要是在銅鑼灣或者別處經過嘍囉們既用來對付法輪功又藉以打壓任何「惡勢力」的街站，妻子再也勸不住我這個衝動鬼，阻不了我步那位姓林的女同業的後塵。兩星期前的周末，我們就曾經在東角道口看着一位約莫小我十歲的高個子朝街站破口大罵，也看着一名矮小的嘍囉以相對巨大的攝錄機拍攝他們夫婦。我正要幫腔，卻給妻及時制止了。細想起來，幫腔痛罵確屬不智，一來白費唇舌，二來剛結束的學期授課太多造成了現在說話稍多稍大聲音便會沙啞起來的後遺症。比較省時省力的回敬，該是朝鏡頭吐口水，或者濃痰。我呸，七一，我飛。

條椅霸王

一家酒店的門廳，椅子該是愈多愈好的。大前天看見倫敦羅素廣場某酒店大堂範圍內分佈於每個角落的靠背椅子和沙發，我就想起去年在布拉格舊城區某酒店較小的門廳裏的那些長椅，以及長椅上那些瞌睡或者沉睡的年老遊客。也許往後真的要向他們學習了。

我從來不會羡慕任何一個早出晚歸、一天遊十個景點的笨蛋，倒是十分妬忌上個六月某個早晨在捷克首都那家小型酒店的長椅上仰着臉張着嘴睡得很死的那對細瘦的老婆子老頭兒，以及那位上一刻還跟我和妻同在底樓餐室吃着自助早餐、下一刻已在老夫婦旁邊以同一睡姿沉沉睡去的、沒那麼老的矮胖婆子。那時我才發覺，我所追求的，正是那麼一種過份悠閒而且可以說慵懶到極點的旅遊生活。

對他們來說，那一座或者別的任何一座奇特的城市的任何景物，都是不必一遊或者一看的，就像三十年前老莫在紐約曼哈頓的寓所中跟到訪的我所說的，「知道有這些東西在附近就夠了」。對我來說，那不僅不能說是白費時間白花銀子的消極做法，反而就像這一趟我每天都在酒店的自助早餐中連吃四個注滿蜂蜜或者夾滿牛油果肉的牛角包一樣，就像其中兩天我不惜縮短白天的行程也要趕回酒店趕在九點鐘前洗澡以便坐在牀上看世界盃足球賽半準決賽的實況轉播一樣，也就像頭兩天我想方設法要回敬一名傲慢無禮的酒店前台矮小女職員一樣，是積極認真的旅行生活態度。

再說，能夠在別人的城市裏，在其他旅客醒着忙着的鐘點裏，睡額外的覺、做額外的夢，不失是一件新鮮稀罕的事情。我忽然想起個多月前在我們可悲的城市一條比較陌生的小街上，遇見一個臉朝地背朝天、雙手吃力而緩慢地推着一大木頭車瓦通紙的瘦小老婆子，念及她也許連在自己的時區裏睡個好覺也辦不到。

此刻我正在應妻的要求，重遊特拉法加廣場的國家畫廊。可是，跟十一年前一樣，對於是否需要盡量多看一些畫，是否需要像我們剛才經過某展覽室時一位年輕女教師對坐在地板上的女學生們所說的那樣「要跟畫中人有交流」，我是很有保留的。請勿見笑，眼下每次逛美術館博物館，我都只能細看一兩幅畫，或者一兩座雕像。請勿見笑，這一趟令我駐足而觀的，竟是同一幅畫——亨德里克．格茲烏斯那幅關於宙斯化身成半人半獸森林之神調戲安蒂歐普的勞什子。但我並非跟畫中人神有些甚麼交流，我只是對宙斯的隨從以右手拇指捏着安蒂歐普左邊的乳頭較感興趣罷了。那年一大早下機後坐長途地車到酒店放下行李便又坐短途車到國家畫廊去，最早吸引我的，也並非安蒂歐普的乳頭，而是進口處一張靠背條椅。不過，我只是睜着眼稍事休息，並沒有跟布拉格的那兩個老婆子一樣呼呼大睡。

我曉得我早晚會到達那個境界的，現在只不過是時機未到罷了。所以，如果有天你在哪個陌生城市哪家酒店的門廳裏逮到我睡得人仰馬翻，儘管若無其事走開，因為我是在享用以前無福消受的、別人時空裏的白日夢。

黑鬼白鬼的髒手

（一）髒手

其實有時我也同意，那些恃著天生驍勇善戰而不把別人放在眼內的黑人，確是應該受到有理或無理教訓的，譬如下午兩點來鐘領著一名白妞衝進格洛斯特路地鐵站對面的保羅麵包店的那個六呎黑小子，或許早晚會栽在塊頭更大的白人或者帶槍的白人手上亦未可知。那一刻我正要為一件蘋果奶油蛋糕和一杯伯爵茶付賬，他用右掌外側輕蔑地在我左胸上推了一下，要我讓開。「我得搞定這件事。」他算是交代了一句，說著把一盒該是不久前買的外帶遞給櫃檯後的年輕女店員，旁邊的男店員眼見來者不善，急忙接手辦理。正當前者向我收了六鎊三十五便士之後，後者剛好也在黑小子的盒子裏補放了一些這世界欠了他的不知甚麼勞什子。

其實跟那個帶著妖艷白妞的黑鬼一樣，我也是個麻煩透頂的顧客。為甜食和茶付鈔之後，我要了一杯開水，讓害怕生牙漬的妻飲用。但其實先前吃薄餅喝磨菇湯的時候，我已索取了一杯開水，泡浸看來不太乾淨的刀叉。那時店裏的氣氛曾經變得緊張，並非因為我們被發覺濫用開水，而是由於一個穿著一件衣尾收進褲襠而前幅卻鬆垂著的過大襯衫的四十來歲黑人，溜進來向排隊的顧客逐一討錢。據妻所說，他先從一位白皮膚的先生手上接過一枚一英鎊角子，繼而獲得那位本來坐在我們所坐的門邊桌子旁的亞洲裔小姐代購的一片薄餅。

當黑小子和白女伴剛剛離開而我起身去拿第二杯開水之際，這個我曾經擔心會向我伸手的黑人回來了。他把那包薄餅遞給女店員，請她暫時保管，但卻沒有交代原由，只說住在附近，等會來取。直至我們用完遲午餐離店，那個裝薄餅的白紙袋一直擱在收銀檯旁。它使我在步行回酒店退房的途中，並沒有因倫敦再度轉晴而開心起來。它是我本該付錢請客的。折回來不知為何擱下外帶的黑人，比折回來為外帶交涉的黑人更不值得挨餓。可我做過甚麼？剛才在希斯羅機場的普雷特快餐店吃完下午茶上洗手間剔牙漱口時，突然想起故友邱剛健譯的一首東歐詩的末段：

猶猶豫豫，
戰戰兢兢，
我們伸出援手
向人
向某些人。

（二）髒手套

能吃多少無花果就吃多少，是這趟的首要任務。顯而易見，今年初夏歐洲無花果大豐收，其中十九顆大家伙在第一段行程中進了我和妻的胃。頭一天的六顆向果農致敬，第二天的四顆賀結婚十周年……吃到老學到老，無花果最甜的時刻是表皮變得紫紫黑黑之際，前天下午離開巴黎前在酒店附近的阿里格市場買的五顆半青半紫的，比前三天分別購自阿里格和巴士底市場、看來瘀瘀黑黑的那十四顆，實在遜色得多。

適宜立即食用的無花果雖然外皮紫黑，果肉卻是紅的。一隻被餐刀垂直剖開的無花果，越看越像女人的陰部。當然，歐陸無花果取代牛油果成了我的頭號愛果，並非因這緣故。真希望老媽有天能嘗嘗這種即使她晚飯前忘了戴假牙或者小弟通過海關之後忘了戴回假牙也不愁無法品嘗的美果。

這趟出門的最大發現，就是驗証了穿越海關金屬探測門時不會觸動紅燈與警鈴的萬全之策——除了清空所有口袋、解下有金屬扣子的腰帶之外，必須連他媽的假牙也脫掉，用紙巾包好，放進手提袋裏去。但這並不是活到老學到老的事情。年輕時我雖已撞掉了兩隻門牙而要佩戴假牙，但由於科技沒如今那麼先進，從來不必像去年七月和五天前在希斯魯機場分別轉機往布拉格與巴黎的時候那樣，既掏空了口袋又解下了皮帶，卻還是要公開脫鞋接受一名白人關員隔著髒巴巴的薄膠手套上下其手式的搜查，還是要在被放行後憤而將踩髒了的可憐襪子丟棄，再從行李箱裏挖出一雙乾淨的。

可幸的是，前天從巴黎飛往倫敦之前，我在戴高樂機場終於証實了在巴黎的某一刻所作的推斷——觸動那盞紅燈的，是假牙橋上一根短小的不鏽鋼線。

再見蜜橘蜜

「這是液體。」個子矮小的女海關人員邊說邊把我本來用兩個膠袋和一個圓筒形膠罐包裝得好好的玻璃瓶子晃了幾晃，不知是要看看那像不像硝化甘油，還是要証明蜂蜜是液體。雖然她晃夠了以後顯然讀了一下產品標籤上「和歌山產蜜橘蜜」的日文名字以及價格籤條上「￥1380」的數字，但她仍決定再照一次X射線。這使得我在慌亂中重新打包時，只用一個膠袋裹着瓶子，便放進罐子裏去。為了讓她明白我對蜜橘蜜的重視，並且確保它在諸多折騰中的安全，我請她稍等一下，待我在較薄的白膠袋外面，套上較厚的黑膠袋，把已有雙重保護的瓶子塞回半透明的膠罐中，最後旋好淡黃色的蓋子。

如果說我對海關小姐極其認真的工作態度不太認同或尊重，如果說我對自己忽視了禁止携帶超過一百毫升容器上機的規例不太歉疚，我是不承認的，因為當她將蜂蜜連同一塊寫着「優先旅客」、有帶子的紅色牌子交給我（我當然不會掛），領我到一扇專為像我這樣的笨蛋而設的玻璃門，請我出去C區的航空公司櫃枱要求寄艙、然後沿原路回去跟妻會合的時候，我清清楚楚道了聲謝，和我對那位漂亮高挑的地勤小姐所說的沒有兩樣。後者在我面前熟練而迅速地插嵌好一個扁長型摺疊紙盒，卻因紙盒只有四吋高而強逼五吋高的蜂蜜横臥其中，而且沒有用泡泡紙或者別的甚麼勞什子填塞盒子內壁與瓶子前後左右之間偌大的空間。不難想像的是，那些可愛的金黃色液體勢將經歷一次異常顛簸的凶險旅程。

遺憾的是，我的良好教養令我匆忙中不忘向地勤小姐道謝，卻害得我忘了向在雨夜的淀屋橋區向逢星期三進城擺攤的果農購買的有機蜜橘蜜說再見，只能默默祝願它不畏震盪不暈飛機一路平安。

京都五記

口罩

飛機上右鄰的香港仔不斷用同一條手帕擤鼻涕，我有口罩。

列車上左鄰短髮染成灰褐的日本妞不斷吸鼻子，我戴口罩。

到新大阪站時，我坐到前一個座位去，脫下口罩。但左鄰蓄鬍子的意大利青年卻又打起噴嚏來了。

帽

妻給我買了一頂棕色的報童帽，主要因為它的手織棉布料子，有我所著迷的麻的質感，一如那位看來與我同代亦瘦削如我的老闆腦殼上那頂淡綠無邊小圓帽一樣。後者如果蓋在小弟頭上，充其量只會像一個倒放的大碗。

但他戴得很好看，以致我沒有留意到帽下的臉塗了脂粉畫了眼線。現在想來，他淡淡的脂粉和低調的眼線，或許跟店內那些尼泊爾產帽子的染料那樣，也是有機的、用植物製造的。

鰻

一瞄到老闆兒子指派的頭兩個吧台座位恰恰正在烤鰻的炭爐旁邊，我馬上行使排隊等開門時一馬當先的權利，要求調到六座吧台的末端去。

我沒有那位電爐一開就把鴨舌帽戴上的、坐我原來位置的韓國佬那麼耐熱，當然更沒有七十開外的老闆那麼耐熱。後者在我倆面前切玉子燒時，我留意到他剛用葵扇搧火的胖手，腕以上的手背是全紅的。他的店子像香港的小巴那樣只有十四個座位，也可能是太多了。

黑豆

旅行的白天，幾乎任何時候都覺得餓，尤其是看名勝時，所以我愈來愈不熱衷於遊名勝，所以這一回去京都，每天最多只逛一個景點，所謂京都十景只到過其中之一：銀閣寺。另一個轉了一下的古蹟是宇治市的平等院。

那個木曜日的黃昏，從宇治回到京都車站附近的酒店稍事休息，再前往酒店職員打了至少四通電話才成功訂座的那家鰻魚料理吃晚飯。從看着老闆宰鰻烤鰻到鰻魚飯上桌，等了半小時，加上他們並沒有像菜牌所說的那樣在點菜時讓我要求特多的飯，只給了普通的分量，我吃完那個所謂定食之後不夠半小時，剛上了回京都車站的巴士就開始餓了。

像三日前的下午拖著行李箱趕赴酒店時一樣，在車站大堂某商店買的一枚黑豆餡餅拯救了我。對我來說，黑豆餅比銀閣寺或者去年瞄過幾眼的金閣寺，都更讓我意猶未盡。

背囊

在雷雨後的四條河原町某巴士站，被一隊普通話大媽從後包圍，我們嚴陣以待，直至安全上車，佔據右邊一個雙人座；在一位安靜地獨坐窗邊的中年日本瘦子背後，平靜地坐了兩個車站的路程，直至一個本來站立的二十多歲未來大媽突然攻佔日本先生身旁的位子，臉朝走道側身而坐，以從未解下的超載大背囊越界壓迫着磨蹭着他盡量躲在西服外套下面、盡量往右退縮的左肩背。

也許是這位日本先生的忍讓感染了我。當他第五次（或第六次）半扭過臉瞄了紋絲不動的大背囊一眼卻又仍然不吭一聲之後，我曾有兩次話到唇邊（當然是肯定獻醜的普通話），同時右手食指準備就緒，結果還是沒有行動。

我知道日本先生勢將一直啞忍下去，但我知道自己不會，要不是未來大媽在第三個站移師到走道左邊車門旁剛被一名大媽棄守的雙人座位的話。

京都之飯

不要和我結伴旅行。我不但懶得遊山玩水，甚至懶得在重遊一個城市時盡量嘗嘗陌生的食肆。一連兩個夏天跑來京都，星期二傍晚辦好住房手續後，本想走去旅館附近一家蕎麥麵老舖，補償一下沒吃下午茶的肚子。請旅館職員致電訂座，這才知道該店休息，只好在微雨中重訪去年五天內到過兩次的「米福四條烏丸」天婦羅店。兩個人只花掉不夠三千五百日圓，便吃到了六樣自己搭配的炸物——兩隻大蝦、兩條去頭鱈魚、半條鰻、兩根長茄子、一根蘆筍和一片甜薯（另外當然少不了一大碗飯），也喝到了一杯朝日牌鮮啤酒與一杯烏龍茶。其中只有炸鰻和炸鱈魚以及鮮啤酒，是去夏沒點過的。不過，這一回我才留意到，他們給的用餐時限，足足兩個小時。而且這一回我才留意到，走道盡頭狹長的男洗手間有個三角形的小洗手盆，而且是不等邊三角形。

善用空間似乎是學不完的事情。星期三早上在位於比較繁盛的烏丸三條區的旅館那個頂層小房間醒來之後，我將一把十八吋寬的正方形靠背椅子和一張十八吋寬的方桌，分別推往床頭和床尾的方向，在床與窗之間騰出一方三呎乘三呎的空位，做了十五分鐘的「回春功」。對一整天的胃口來說，練功是必需的。我在種滿各種樹木的內庭旁邊的長方形餐室吃的早餐，包括兩片塗橙醬牛油的烤麵包、一小片加黑蜜奶油的法蘭西吐司、兩碗「金芽米」飯，以及四塊燒鯡魚。鯡魚蕎麥麵是京都名菜，可我認為黏稠稠的白飯與黏稠稠但卻燒成深棕色的甜鯡魚塊，才是更好的配搭。

吃罷早餐，照例陪妻繞場一周。餐室真大，若跟我們的房間相比。

但對此行來說，時間是更大的問題。妻的娘家有事，我們不得不提前兩天，星期四中午離開京都。這麼一來，我也要改一改習慣——餘下的一個晚餐必須往從未到過的地方走了。星期三下了整日雨，加上午餐和下午茶都是草草了事，才五時就走到車屋町通的蕎麥麵老舖「本家尾張屋」。這倒好，原來六時已是最後點餐時間。（但其實錯過了也沒關係，他們遠遠比不上我光顧過三次的東京「永坂更科」。）

我們在京都的最後點餐，是星期四午前，擺脫了旅館兩名男女職員就瞎指我們將同一段日期的住房預訂了兩次一事的死纏不休之後半小時，拖着行李箱在京都車站伊勢丹百貨店地下二層買的三個飯糰，依次是鷄、章魚和鰹魚（我們通常管它叫柴魚）。它們並排擠在六吋乘四吋的透明密室中，幾乎一點空間都沒有浪費。

愁遊四方

從巴士上瞄到一小群灰鴿在人行道上啄食，不期然想起某年獨遊法國時，在馬賽某旅館的頂層房間，隔着玻璃窗與窗沿上一隻鴿子互望，然後又想起當晚躺在床上，隔着玻璃天花板遙看異地的星空。

那幾年總是獨自出遠門，主要歸因於一個令我自慚形穢的症狀。它跟當時令不少傻瓜謝絕握手的新興性病——長在手指或性器官的疱疹二型的症狀十分吻合。這該從某夜被發自生殖器的奇癢驚醒說起。小弟既無近視亦無散光，視力超凡，用不着放大鏡也能在自我檢查中發現一堆泛紅的小顆粒。幾天後，旺角某大廈高層的X醫生，在一次戴着塑料手套進行的簡短檢查中，証實了我的疑慮。

「你去鬼混？」他問。

這件事幾乎馬上帶來改變，包括藉頻密旅行忘憂，包括再也不敢用旅館的浴巾揩抹下體。更糟的是，它也使得我旅途中的各種樂趣至少減半，包括和正在拉屎的胖鴿子對視，包括一面仰望繁星一面睡去。

可幸的是，作為一名助理新聞編輯，我愈讀得多跟新興性病有關的醫學資訊，就對自己的秘密絕症有愈大的疑問和希望。我的那些小顆粒，不像一般疱疹二型，既不會神出鬼沒（從不曾自動消失然後捲土重來），也不會痛得要命（從未痛過，後來連癢也不覺得了）。可我還是半信半疑。

正如初中時發覺自己左邊的睪丸異常的大而懷着患疝氣的憂慮超過一年，才毅然闖進學校附近一間診所向陌生的Ａ醫生求助一樣，我不知糟蹋了多少旅途上的美好時光之後，才鼓起勇氣，前往灣仔一家以某爵士為名的醫院那個聞名已久的性病診所，去接受最後裁決。

「領嘢？」在候診室中坐在我前面一排的青年，向身旁的中年大塊頭搭訕。

「你以為我在這兒幹嘛？」大塊頭沒好氣地回應。

然而，我記得更清楚的，倒是和這對話一樣簡短、來自一位跑進來的風塵少女的一句哀求：

「好痛。可不可以讓我先看醫生？」

無論如何，我只記得搭訕的青年、大塊頭或少女，都比我先看了醫生。可我當然不曉得他們受到的對待、得到的裁決，跟我有何不同。

「脫褲！讓醫生看。」相當威嚴的男護士一聲號令，小弟不敢怠慢，立即以能力所及的速度先後把長褲與內褲褪到足踝去，讓顫抖的生殖器完全暴露於一盞坐地射燈的強光之中。意外的是，這位看來十分專業的醫生（管他叫Ｂ醫生吧）不像男助手那樣兇巴巴的。意外的是，他判詞的開頭用了跟Ａ醫生完全相同的字句。

「誰說你得了疝症？」Ａ醫生質問道。

「誰說你得了疱疹？」Ｂ醫生質問道。

「這些是油脂粒。我也有啊！」他總結說。

自此以後，我在異地可以盡情看星、盡情餵鴿、盡情向美女問路了。更重要的是，在任何我願意使用的酒店浴室，我都可以盡情淋浴，再不需要慣性地低頭自我檢查一番。

創作年表

第一輯 時間地點人物

時間地點人物	1971年12月
小編小記	1974年3月作，2017年8月刪訂

第二輯 頹廢度凶年

貓紙	2012年7月20日
晚餐恐懼症	2012年6月8-9日
園中莫種樹	2014年1月9-10日
鳥瘦主人羞	2014年2月13日
溺死之魚	2012年10月6-12日
貓鼠之間	2013年7月27日
尋找藍衣鐵梅	2013年9月18-20日
女車手	2013年12月1日
壞話，好年	2014年2月9日
拾袋記	2014年4月12日
洗	2016年5月8日
小腸氣之謎	2014年5月17日

好鈔無頭像	2014年12月11日
黑詩	2014年10月24日
麵包之戰	2015年3月10日
射人先射眼	2015年4月4日
擠眉弄眼和勾肩搭背	2015年9月
頭破醫頭	2016年2月
頹廢度凶年	2016年5月18-19日
失聯的蟻	2016年11月16日
我們那一夥	2016年11月
嚼果莫吐皮	2016年12月12日
再寄聶魯達	2017年8月2日
後腿	2017年1月31日
發車時刻	2017年8月7日
液體	2017年8月31日
抹果	2017年9月10日
握手邀請	2017年7月9日
下火三寶	2018年5月
渴睡綜合症	2017年12月20日

第三輯　獨行莫戴帽

廈門最後午餐	2011年12月25日
遊台二記	2012年1月
倫敦榨汁記	2012年5月
如果遠方有甘果	2013年8月9日
獨行莫戴帽	2013年8月20日
一分鐘和兩分鐘單人囚禁	2013年8月
隨身行李	2013年10月27日
飛渡惡時辰	2014年6月12-13日
條椅霸王	2014年7月4日
黑鬼白鬼的髒手	2015年6月19-20日
再見蜜橘蜜	2016年10月1日
京都五記	2017年5-6月
京都之飯	2018年6月5-7日
愁遊四方	2017年8月22日

獨行莫戴帽

作者　淮遠
封面照片　Andrew Yeung
封面設計　王志權

出版　文化工房
香港九龍青山道505號通源工業大廈6樓CI室
網址 http://clickpresshk.wordpress.com
電郵 clickpress@speedfax.net
電話 5409 0460 傳真 3019 6230

香港發行　香港聯合書刊物流有限公司
香港新界大埔汀麗路36號中華商務印刷大廈三字樓
電話 2150 2100 傳真 2407 3062

台灣發行　遠景出版事業有限公司
220台北縣板橋市松柏街65號5樓
電話 02 2254 2899

印刷　約書亞創藝有限公司

出版日期　2018年9月初版

國際書號　978-988-77846-8-5

上架建議　香港文學：散文